KB233113

행복의 화원

저자 문재학

경남 합천, 건국대
공무원 정년퇴임
한맥문학 시 등단, 동반문학 수필 등단

한국 서정문인협회 이사, 한국문인협회
회원

예술인(문학)=등록번호: 201701046297
한국사람N 합천지사장, 서울 오늘 신
문 합천지사장

인생은 유한(有限)하다. 너무나 짧은 인생을 어떻게 하면 삶이 보람되고 행복하게 보낼 수 있을까. 모든 분들의 소망일 것이다. 복잡한 삶에 헤아릴 수 없을 정도로 크고 작은 수많은 일들을 겪게 된다. 때로는 가슴 저미는 슬픔으로 눈물에 젖기도 하고 쓸쓸한 고독의 늪에서 방황도 한다. 좋은 일이 생기면 희희낙락 즐거움으로 행복을 누리기도 한다. 되돌아보면 모두 다 그리움이다.

소소한 것에서 잔잔한 기쁨을, 비워지는 마음에 행복의 향기를 피워가는 것이 아름다운 삶의 하나라 생각한다. 향기로운 바람과 평화로운 구름이 흘러가는 자연의 품속에서 샘물처럼 솟는 선정(禪定)된 마음을 보다 아름다운 세상에 밝은 길을 터준다. 계절마다 독특한 풍경. 아름다운 산하의 풍광은 즐거운 삶. 정신적 풍요를 느끼게 하는 보고(寶庫)이다. 그리고 대자연의 삼라만상들은 잠자는 영혼을 일깨우는 보석 같은 시어들을 풀어 놓는다. 흘러간 추억에 작은 사연들을 모으고, 사계절 풍광과 일상생활에서 반짝이는 상념들을 모아 정리했다. 그리고 유명한 시인들과 소중한 분들의 격려와 감동의 댓글도 이 글을 접하시는 분들에게 참고가 되었으면 하는 욕심에서 함께 수록하였다. 이 책을 보시는 분들의 삶에 정서적으로 작은 미풍이라도 일었으면 하는 바람을 감히 가져본다.

2025년 10월

행복의 화원

펴 낸 날	2026년 2월 7일

지 은 이	문재학
펴 낸 이	이기성
기획편집	이서은, 최인용, 권희연
표지디자인	이서은
책임마케팅	이수영, 김정훈
펴 낸 곳	도서출판 생각나눔
출판등록	제 2018-000288호
주 소	경기도 고양시 덕양구 청초로 66, 덕은리버워크 B동 1708호, 1709호
전 화	02-325-5100
팩 스	02-325-5101
홈페이지	www.생각나눔.kr
이 메 일	bookmain@think-book.com

· 책값은 표지 뒷면에 표기되어 있습니다.
 ISBN 979-11-7048-976-4(03810)

문재학 지음

차 례

49재 齋

하늘도 유족의 심정을 헤아리는지
추적추적 봄비가 가슴을 적셨다.

아직도 실감이 나지 않는
생생한 생전의 모습
정겨운 그 모습

비통한 심정은
만물이 소생하는 봄날
모든 시간 위에 떨고 있었다.

한번 가면 돌아올 길 없는
영면의 길
너무나 허전하고도
덧없는 삶이여

명복을 비는
칠칠재(齋)인 49재(齋)의 날
고즈넉한 산사의 풍경도
독경 소리에 부서지고 있었다.

소산 선생님 49재 시심을 잘 감상했습니다.
오늘도 일교차에 건강 조심하시고 행복한 하루 보내시기 바랍니다.

행운

만남과 헤어짐, 덧없는 삶에 아쉬움이 절절합니다. 마지막 구절이 가슴을 적십니다.
명복을 빕니다.

협원

읽으면서 나도 모르게 숙연해지는 감명 시글에 빠져듭니다.

눈보라

문재학 시인님. 가까운 분께서 49재를 맞이하셨군요.
49재 맞이한 자작 글. 아주 심도 있게 잘 표현하셨습니다….

비봄비

돌아가신 님의… 영혼을 달래주는 마음 따뜻합니다….

누구나 한 번 가면 돌아올 길 없는 영면의 길을 가셨군요?
가까이 지내시던 분이면 더욱 비통하겠지요.
좋은 글 감사합니다! 건승 건필하세요. 소산 선생님!

조용한 산사에서 맞이하시는 49재. 마음도 애잔하시겠습니다.

불교에서는 49재 동안 심판 받는다고도 하지요. 좋은 글, 잘 감상합니다.

가을 강물

스산한 가을 기운에 녹아드는
심란(心亂)한 마음 안고
황혼에 물드는
강변을 걷노라면

애처로운 풀벌레 합창 소리
고독으로 출렁이고
가을 향기의 빛을 뿌리는
갈대꽃도 쓸쓸하여라.

소리로 흐르는 가을 강물
속닥속닥
작은 꽃무늬를 끝없이 그리는 물결
잃어버린 세월을 낚아 올리는데

은빛 수면 위로 하염없이 어리는
단풍보다 붉은 임 그리는 마음은
눈물겨운 그리움과
서러움으로 젖어 흐른다.

✿ 문천/박태수

그리움 흐르는 스산한 가을 강물. 아름다운 시향에 쉬어갑니다.

🍀 꿀벌

가을 강물에 곱게 물든 단풍잎에 사연 적어 띄어봅니다.
시인님의 좋은 시글 읽고 갑니다. 감사합니다. 비 오고 난 뒤에 날씨가 쌀쌀하다고 합니다.
건강관리 잘하시고 행복한 하루 되세요.

🐦 미량 국인석

가을 강물은 더욱 애틋하게 흐르는가 봅니다. 기온이 많이 내려갑니다.
건강 잘 살피시구요. 좋은 글 감사합니다. 소산 선생님!

🍀 푸른 별

흘러가는 가을을 바라봅니다.
좋은 글 올려주신 시인님. 편안한 금요일 저녁 되세요. 감사합니다.

👧 호박꽃

흐르는 강물 따라 세월도 흐르고 나도 세월 따라 흘러갑니다.
고운 글 감사합니다.

👩 수진 桃園 김선균

그렇게 강물은 모든 시름을 안고 흘러 넓은 바다에 토해내며 한풀이를 합니다. 그러면 바
다는 흰 이빨을 드러내며 파도를 높이 세웁니다. 좋은 시, 잘 감상했습니다. 감사합니다.

👦 눈보라

문재학 시인님. 가을 강물 시어가 제 가슴으로 줄줄이 타고 흐르는 기분입니다….

건강 타령

건강은 삶의 기본 철칙(鐵則)이다.
하인(何人)을 막론하고
이를 위해
혼신(渾身)의 힘을 다하여 열정을 불태운다.

건강해야 꿈과 희망을 품을 수 있고
건강해야 행복을 꽃피울 수 있다.
"건강한 신체에 건강한 정신이 깃든다."는
말이 있지 않은가

몸이 건강해야
매사(每事)에 의욕(意欲)이 넘치는
소중한 삶을 누릴 수 있다.

"개똥밭에 굴러도 이승이 좋다."고 한다.
살아있음이 얼마나 행복한가.

이 모두를 가슴으로 새기면서
오늘도
복락(福樂)의 발걸음을 힘차게 내딛는다.

이렇게 아름다운 세상에
천금(千金) 같은 고귀한 삶을 위해

원앙요정

지당한 말씀입니다. 건강해야 모든 것 이루는 법이지요. 잘 보고 다녀갑니다.
좋은 밤 되세요.

꿀벌

나이 들어가면서 건강해야 합니다. 최고의 재산은 건강입니다.
시인님의 명시 글 읽고 갑니다. 감사합니다. 날마다 편안한 날 되세요.

문천/박태수

나이 드니 건강에 대하여 신경을 안 쓸 수가 없네요. 건강 타령…. 좋은 글 향에 쉬어갑니다.

꽃반지

건강한 몸은 최고의 선물입니다.
건강을 잘 보살펴 모두들 오래도록 즐겁고 행복한 날들이 되었으면 합니다.
좋은 글 감사합니다. 늘 즐겁고 평안하시길 바랍니다.

비발디 사계

소산님 문안 여쭙니다. 그동안 무탈하신지요?
오늘도 천금 같은 소중한 삶 감사함으로 시작합니다.
늘 강녕하시고 행복함 가득한 오늘 되세요. 늘 고맙고 감사한 마음 드립니다. 소산님.

소산 문재학님 그렇습니다. 건강을 잃으면 천하를 잃는 것이나 진배없지요. 내가 살아있어야 천당도 지옥도 있습니다. 좋은 글 오늘도 감사합니다.

건강이 최고이지요. 소산 선생님 좋은 글 감사합니다. 8월도 건승 건필하세요!

건강은 삶의 기본 맞습니다! 소산 선생님. 8월 첫 오후에 좋은 시심을 잘 감상했습니다. 8월에도 건강하시고 가정의 안녕과 행복과 행운이 가득하시길 바라며 오후에도 폭염에 건강 조심하시고 행복한 시간 보내십시오

겨울밤 소묘 素描

칼바람으로 우는 겨울밤
나목(裸木)에 걸린 만월(滿月)이
잔설(殘雪) 위로
얼음장 빛을 쏟아낼수록

꿈결로 살아나는
그리운 임의 숨결

애수(哀愁)에 흐느끼는
뜨거운 눈물로 다가온다.

창문에 흔들리는
앙상한 달빛 그림자

윙윙 차가운 바람소리
텅 빈 가슴을 흔들수록

고독으로 얼어붙은 마음은

기나긴 밤

삼경(三更)으로 기울며

하얗게 부서져 내린다.

🐟 성을주

기억 속에서만 존재하는 할머니, 아버지, 엄마 그리고 고구마와 감자에 얽힌 추억은 긴 겨울 밤만큼이나 애달프기만 합니다. 고독으로 얼어붙은 마음을 모두 버리고 새해를 맞이했으면 합니다.

🐸 미량 국인석

겨울바람은 차고 시인의 마음도 춥습니다. 애틋한 시향에 마음 내려봅니다.
차가운 날씨에 몸 잘 살피시구요. 건승 건필하세요. 문재학 선생님 감사합니다!

👶 所向 정윤희

겨울바람이 차갑습니다.
아침나절 잠시 흰 눈도 보았고요. 이번 겨울 독감 조심하세요.
국 선생님이 선생님 모습 뵙고 왔다고 얼마나 자랑하는지 부럽습니다.

🌸 비발디 사계

삼경으로 기울며 하얗게 부서져 내린다! 너무 너무 좋습니다. 소산님.
오늘도 주신 고운 시에 마음 내려 머물다 갑니다.
남은 12월 곱게 마무리 잘하시고 늘 강녕하세요!

♣ 나무꾼

창문을 타고 들어오는 달빛 어린 쓸쓸한 겨울밤 파르르 떨고 있는 마른 잎새 지는 소리에 한쪽 가슴이 무너져 내린다. 시인의 따뜻한 감성을 느끼고 갑니다.

👦 雲岩/韓秉珍

소산 선생님 찬바람이 부는 겨울밤에 고운 시심을 잘 감상했습니다.
오늘 밤도 일교차에 건강 조심하시고 편안한 밤 되시기 바랍니다.

🎈 내 스타일

참 좋다! 느낌이 좋다! 내 맘이 덩달아 좋다!.

겨울밤 고독이 시려옵니다. 이 밤도 어찌 하나요….

길고 긴 겨울밤은 왜 그리도 추웠던지. 문풍지 소리가 귓전을 울리기도 했지요.

겨울밤 풍경

혹독한 추위의 기습(奇襲)
맹위(猛威)를 떨치는 칼바람에
앙상한 나목(裸木)들이
위 - 잉 위 - 잉
사납게 울부짖고

얼어붙은 대지를 구르는
낙엽의 비명 소리
꿈을 잃은 절규(絶叫)가
애처롭기만 하다.

홀로 걷는 바람의 길
종종걸음 위로 뿌리는
온기(溫氣) 잃은 가로등 불빛도
긴 그림자로 일렁이는 밤

투명한 얼음꽃을 피우는
송곳 바람의
매서운 회오리에
쏟아지는 별빛조차 싸늘하여라

雲泉/수영

소산님 많이 춥지예!
소산님의 많은 시글 좋은 자료가 되고 있습니다. 항상 고맙습니다!

서해

떨어지는 기온보다 더 무서운 건 겨울바람이겠지요. 글을 읽노라니 괜시리 서늘해지네요.
잘 읽고 갑니다.

백초

칼바람 무지 추워요. 겨울바람 시어가 너무 훌륭하십니다.

야헌 김현만

겨울이 깊어갑니다. 이 또한 지나갈 것이기에 두렵지는 않습니다.
소산님 글에서 오대산 노인봉 바람이 느껴지네요.
스산한 겨울이지만 봄을 기다리는 마음은 새롭습니다. 건필 하소서.

여울/성경자

옷 사이로 파고드는 칼바람 잔뜩 움츠린 어깨는 무겁게 느껴지는 추위입니다.
따뜻한 글에 편안히 머뭅니다.

국인석

겨울바람과 함께 찾아온 한파에 별빛마저 꽁꽁 얼어붙고 말았네요.
건강에 유의하시구요. 고운 글 감사합니다. 소산 문재학 시인님!

윤우 김보성

추운 날씨를 글에서도 묻어나게 표현해 주시네요. 건강하신 가운데 늘 행복하세요.

꽃망울

겨울바람을 멋지게 지으셨군요. 고맙게 즐겁게 감상하네요!

고향 그리워

1. 언제나 가고 싶은 고향산천
염원(念願)의 노래 고달프구나.
노을 진 석양에 피어나는
부모 형제의 향기 넘치는 고향
혼돈의 인생길에서
홀로 돌아보는 방랑의 세월
지금도 잘 있느냐.
정겨운 고향 산천의 푸른 산들아
포근한 품속에서 꿈을 꾸던 시절이
이제는 추억마저 아득하여라

2. 가슴으로 피어나는 고향 산천
봄바람 변함없이 불고 있겠지.
꿈길에 어린 그리운 고향
그 시절 그 추억이 나를 울리네.
거치련 세상 길 따라
정처도 없이 헤매던 발길

지금도 잘 있느냐.
정다운 고향의 푸른 강물아
포근한 품속에서 노래하던 시절이
저 멀리 그리움으로 아롱거린다.

😊 雲海 이성미

아름다운 고향 산천의 노래처럼 멋집니다. 선생님.

🌱 미량 국인석

이젠 꿈속의 고향이 되고 말았지요. 지금은 고향도 세월 따라 많이 변해버리고 그 옛날의 소박한 고향이 더욱 그립습니다.
향수에 젖어보는 작사에 이제 작곡만 남았습니다. 건승 건필하세요! 소산 선생님!

🍁 잎새 신미옥

고향산천을 노래하신 향수에 눈물 나려 해요.
따뜻한 그리움 주셔서 감사해요! 고운 밤 되세요.

🍇 송록골

겉뿔의 애타는 마음을 노래하시는군요. 감사합니다.

👧 수진 桃園 김선균

고향에 담긴 모든 것을 사랑하며 그리워하는 마음에 아름다운 곡을 붙인다면 참 좋은 노래가 될 것입니다.

🍎 임정민

어느 작곡가가 가곡으로 만들면 좋겠습니다. 고향이라는 단어가 이렇게 살갑게 다가옵니다.

🍀 나무꾼

어릴 적 고향의 향수에 젖어듭니다.
고향 모든 사람들의 마음. 마음은 늘 고향길 언저리에 살고 있습니다.

🎈 수장

고향을 그리워하는 사람들에게는 마음의 안식처 같은 노래이네요.

고향 그림자

◇◇◇◇◇◇◇◇◇◇◇◇

1. 아득한 고향 천 리 마음이 돌아가네.

잃어버린 그 옛날 꿈속 같은 곳으로

촉촉이 젖어오는 우정의 빛은

가슴앓이 그리움으로 살아나는

불타던 청춘의 그 산하

꿈같은 그 시절 그때를

세월로 저무는 삶에 밀려가며

다시 한 번 그려보는 내 고향 그림자.

2. 노을 지는 강가에서 조용히 돌아보네.

네 목소리 아련히 녹아있는 곳으로

귓전에 속삭이던 연정의 숨결

언제나 미소의 꽃으로 피어나는

사랑의 등불에 불 켜던

달콤한 그 시절 그때를

끝없이 고이는 애달픈 그리움

오늘도 그려본다. 내 고향 그림자

崔 喇叭

고향 하면 항상 어린 시절이 떠오르지요.
오늘도 고향이라 좋은 시 잘 보고 갑니다. 소산 문재학님 감사합니다.

옥화

아득한 내 고향 천지가 그리워지네요. 늘 좋은 시를 보게 되어서 기쁩니다.

미미멘트

아름다운 고향 생각. 추억을 떠올리면 너무나 그리운 것이 많네요.
시인님 소중히 주신 글 감상하며 고향의 그때 그 시절을 잠시나마 젖어보았답니다.
더위에 건강 조심하시고 즐거운 하루 보내세요!

☺ 雲岩/韓秉珍

소산 선생님. 점심시간에 고향 생각하면서 좋은 글 잘 감상했습니다.
오늘은 조금 시원한 느낌입니다. 오후에도 건강 조심하시고 행복한 시간 되십시오.

☀ 협원

멋진 시 글, 고향 노래, 아름다운 글 잠시 고향으로 달려 봅니다.

🐝 꿀벌

아련한 옛 추억들이 떠오르는 고향 생각이 납니다.
시인님의 명시 글 읽고 갑니다. 감사합니다. 오늘도 행복을 엮어가는 하룻길 되세요.

🐝 雲泉/수영

고향 그림자만 보아도 절 꾸벅한다는 말이 있듯이, 모두 고향을 떠나 살게 되는 사람들은
아마도 정든 고향이 그리운 모양입니다.
소산님 변함없이 저희 카페 좋은 글을 주셔서 깊이 감사합니다.

🌹 翠松 박규해

고향의 삶의 그림자처럼 떠오르는 마음 헤아려 보고 갑니다.

구월의 풍경

부드러운 햇살 속에
넘실대는 황금 물결
오곡백과의 풍성한 향기가
온 누리에 진동을 한다.

기나긴 여름
혹독한 무더위를
인내로 달구어진
결실의 향연이다.

머지않아 다가올
스산한 바람에 물들어
뚝뚝 떨어지는 서러움을
까맣게 잊은 채

흥에 겨운 고추잠자리 군무(群舞)
하늘거리는 코스모스를
끝없이 희롱(戲弄)하며
청자 빛 하늘에
꽃 그림을 그린다.

맑은 하늘과 코스모스가 보이는 듯한, 제가 지금 아주 멋진 가을의 한가운데 서 있는 듯한 고운 시에 행복합니다. 시인님 고운 시. 고맙습니다.

눈보라

문재학 시인님!
9월의 풍경. 아주 절묘하게 매력적으로 시어를 잘 꾸며 주셨습니다.
찬사의 박수를 띄웁니다.

혜슬기

아름다운 가을 풍경이 나날이 물들고 있네요. 좋은 시글 감상합니다.

수진 김선균

소산 선생님의 구월 가을의 소묘 아름답게 다가옵니다. 잘 감상했습니다. 남은 추석 명절 잘보내시기 바랍니다. 감사합니다.

소당/김태은

낭만의 계절 홍엽에 취해 뒹굴던 합천…. 기억이 새록새록 나네요.
너무나 고운 시어에 머물다 갑니다. 명절 즐겁게 보내세요.

산월 최길준

구월의 풍경…. 흥에 겨운 고추잠자리 군무(群舞) 하늘거리는 코스모스를 끝없이 희롱(戲弄)하며 청자 빛 하늘에 꽃 그림을 그린다…. 가을 속으로 풍덩 빠져 봅니다.

꿀벌

찜통 같은 무더위 지나고 어느덧 구월의 중선 추석 명절이 되었습니다.
세월이 참 빠릅니다. 늘 명시 글 주셔서 감사합니다. 풍요로운 한가위 되세요!

사피엔스

아름다운 9월의 풍경이 그려집니다! 즐겁고 행복한 추석 명절 보내세요.

그리운 임아.

1. 옛정을 울려 놓고 떠나간 임아.
차가운 밤하늘에 서러움만 남았네.
마음에 불을 켜고 헤매 돌아도
정으로 흔들리는 사랑뿐이더라
내 어이 잊을 수 있나. 어떻게 잊어야 할까
언젠가는 만나리라 희망 하나에
사랑 사랑으로 타오르는
내 사랑 임아. 그리운 임아.

2. 추억을 남겨놓고 떠나간 임아.
바람을 일으키는 절망만 남았네.
눈물의 동산에 꽃은 시들고
기나긴 한숨을 홀로 지우는데.
이제는 어이하나 어떻게 하여야 하나
어둠을 걷어내는 그날을 위해
미련 미련으로 타오르는
내 사랑 임아. 그리운 임아.

🎀 홍두라

그리운 임아 불러도 불러도 대답이 없어요. 그 임은 영원히 먼 나라로 가버렸답니다.
서로에게 따뜻한 웃음을 나눌 수 있는 따뜻한 하루가 되길 바랍니다.

💬 白雲/손경훈

그리움으로 젖어드는 사랑의 한탄 그리움 한가득 안고 갑니다.

🍁 잎새 신미옥

임아… 임아… 그리운 임아!
너무나 솔직한 애탄에 함께 퍼질러 울어봅니다….
정화의 마음 주셔서 감사해요!

♣ 나무꾼

그렇게 잠시 머물다 가는 바람인 줄 알았는데 가슴 깊이 자리한 그리움이 애잔합니다.
스쳐 간 것들은 모두가 그리움이지요. 소산 문재학 작가님.
가슴 깊이 묻어둔 그리움의 항아리 속에서 이쁜 추억 살짝 꺼내보는 날 되시옵소서.

🎀 예화

'임도 보고 뽕도 딴다'는 속담에서 이때의 '임'은 '그리운 사람'입니다.
우리에게 '임'은 어느 누구를 사모하고 사랑하고 연모하는 것이 있다면 그것이 임의 정입
니다. 감사합니다.

🌸 설화

추억을 먹고 산다는 건 행복한 일이지요. 그러나 누구나 헤어지기 마련. 이별은 그리움을
남기는 것 가슴에 안고 살아가야지요,

👧 수진 桃園 김선균

만날 수 없음에 미련은 더욱 커지고 그리움으로 포장된 세월을 더듬대며 보냅니다.
감사합니다.

🐦 미량 국인석

떠나간 임을 못 잊어 애태우는 작사에 이제 곡만 붙이면 되겠습니다.
날씨가 갑자기 차가워집니다. 건승 건필하세요! 소산 선생님!

😊 가을하늘

임을 그리는 마음 구구절절합니다. 좋은 글 감사합니다.

🍎 산길 들길

그리운 임아, 임 찾아 헤매는 절규가 들리는 듯합니다. 모든 것이 제 자리로 돌아오기를
기도하는 마음입니다.

⚙️ 협원

사랑, 그리움 애처로운 마음 이 잘 나타난 시 감동 받습니다.

금산의 보리암 錦山의 菩提庵

연초록 봄바람이
조물주의 조각품
금산의 기암괴석을 휘감고 도는데

절벽 위. 하늘에 떠 있는
장엄한 보리암은
석가탄신의 봉축등(奉祝燈)이
화려하게 수(繡) 놓았다.

쌍홍문을 비롯한 삼십 팔경
탄성의 선경(仙境)은
천연 고찰 관음성지로 녹아들고

조선개국왕조 이성계의
백일기도 영험(靈驗)
금산(錦山)의 명명설화(命名說話)가 가슴에 와 닿았다.

발아래 펼쳐지는
아늑한 상주해수욕장과

삼백 리 아름다운 바닷길 따라
점점이 떠 있는 다도해의 그림 같은 풍광은
오늘도 수많은 탐방객을 불러 모으고 있었다.

🧒 예쁜 할미꽃

네. 고맙습니다. 보리암님의 글귀로 잘 다녀갑니다. 나무관세음보살

🌹 翠松 박규해

보리암의 아름다움을 잘 표현한 시 잘 감상하고 갑니다.

🌿 홍두라

직접 금산의 보리암에서 내려다보는 기분입니다.
힘찬 목소리로 산듯하게 웃는 얼굴로 오늘도 즐겁게 하루를 만들어 보세요.

🌿 옥화

금산의 기암괴석을 안고 있는 보리암 한 편의 시로 상상해봅니다.

🌸 문천/박태수

천연 고찰 금산의 보리암…. 아름다운 글 향에 쉬어갑니다.

🌿 꿀벌

남해 금산 보리암에 젊었을 때는 자주 갔었는데 지금은 멀기만 느껴집니다.
관음 도량으로 전국에서 오시는 신도들. 등산객들이 많이 찾는 곳입니다.
좋은 시글 읽고 갑니다. 감사합니다.

🌸 진달래

한 번 가보았습니다.
멀리서 보면 허공에 떠 있는 것 같기도 하고 장엄하지요.

🧒 雲海 이성미

작년에 갔었는데 내년쯤 한 번 더 가고 싶은 사찰이지요.
고운 글 감사합니다.

기침 소리

콜록콜록
긴긴밤
어둠을 흔드는
안타까운 소리

생체리듬의 이상 징조
염려의 소용돌이에
가슴이 탄다.

밤마다
단잠을 깨뜨리던
임의 숨결이

세월 속에 묻어온
추억의 저편에
지금도 떠오르네.

애절한 모습은 눈가로
그리움은 가슴 가득히
아련하게

🐻 강나루

질병에 따라 기침 소리가 다르죠? 감기에는 기침 감기도 있지요?
환절기 조심해야 합니다. 좋은 시글 감상합니다.

🐰 이윤성 시인

밤새 마련 기침 소리 안타까운 듯 마음이 아픔을 느껴지는 시이네요

👧 수진 桃園 김선균

기침으로 가슴이 아픕니다. 그리움이 더 하여 눈물이 흐릅니다.

🍀 백초

아이나 어른이나 기침 소리 들으면 마음이 아픕답니다.

🐤 미량 국인석

가슴 아픈 임의 숨결이 그리움 속에 더욱 안타깝기만 합니다.
환절기에 더욱 건강에 유의하시구요. 건승 건필하세요! 소산 선생님!

☼ 협원

옛부터 중환자라 하면 기침을 먼저 생각했는데 우리들은 기침을 너무 소홀히 생각해서
어려움 겪는 분들을 자주 만납니다.

👧 雲海 이성미

예전 저희 아버지가 해소 천식으로 밤이면 기침을 많이 하셨습니다.
가끔 아버지의 그 기침 소리가 환청으로 들릴 때도 있지요.

👦 대한인

새벽녘에 더욱 많이 들렸던 부친의 헛기침 소리가 생각납니다.
기침 소리 듣고 무조건 기상을 하였던 그 시절이 그립습니다.

꿈 길 소산 문재학

포근한 잠자리에 피어나는
황홀한 유혹(誘惑)
펼쳐지는 무한의 나래

천진난만한 동심
유년시절의 친구들 모습
쏟아지는 함박웃음에 살아있고

온갖 꽃들이 만발한 동산에
풋풋한 첫사랑의 향기는
수밀도(水蜜桃) 같은 젖줄로 흐른다.

따뜻한 부모님 슬하(膝下)
오순도순 형제간의 우애가
황금빛 초가지붕을 물들이는

돌아갈 수 없는 그리운 그 옛날
오늘도 찾아간다.
변하지 않은 고향 산천

추억이 살아있는 꿈길로

🐝 꿀벌

옛 고향 생각나는 명시 글 읽고 갑니다. 감사합니다.
편안한 시간 되시고 내일도 기분 좋은 날 되세요.

🐤 미미멘트

소중히 주신 글 너무 잘 보았답니다. 감사드려요!
빗소리에 촉촉이 젖어보는 하루네요. 고운 시간 행복하고 편안히 보내세요!

🌹 翠松 박규해

아름다운 추억은 언제나 잠재하고 있어 그리워지나봐요.

👩 송로김순례

선생님 꿈길 가슴에 담습니다.

❀ 문천/바태수

황금빛 초가지붕 물들이는 추억의 고향 산천…. 아름다운 글 향에 쉬어갑니다.

🐝 雲泉/수영

추억이 살아있는 꿈길을 생각해 봅니다.
늘 관심을 갖고 좋은 시를 올려주시는 시인님 너무 고맙습니다.

❀ 비발디 사계

늘 고맙습니다. 소산님.
주신 귀한 글에 아련한 추억 오늘 밤 꿈길로 이어보려 합니다.
편안한 저녁 시간 되시고 늘 강녕하세요.

꿈속에서라도

1. 진달래 붉게 물드는 산기슭
시냇물 졸졸졸 봄빛에 젖는데.
그리운 내임은 어디로 가시었나

가슴에 젖어드는 뻐꾹새 울음소리로
그 옛날 그 시절을 돌아보니
사무치는 마음 가눌 길이 없네.

아 그리운 임이시어
꿈속에서라도 돌아와
애달피 우는 마음 달래어 주오.

2. 연초록 잎새 살랑이는 봄날에
산 그림자 말없이 내리는데
한번 간 내임은 돌아올 줄 모르네.

고요한 창가를 두드리는 봄바람
흔들리는 지난날 추억 속에
행복했던 순간들이 이롱거리네.

아 그리운 임이시어
꿈속에서라도 찾아와
서러움에 젖은 이 몸 달래어 주오

♣ 나무꾼

진달래 붉게 타는 사월의 봄 그리운 임을 기리는 가슴 저리는 시. 울컥이는 맘으로 드려다 봅니다.

🐦 썬파워 국인석

꿈속에서라도…. 애틋한 시향의 작사를 쓰셨군요.
시향에서 미루어 짐작을 해봅니다. 감사합니다. 소산 문재학 시인님!

🍇 윤우 : 김보성

봄에 절정을 즐기면서 그리움도 깊어만 가는 듯 하는 글귀에 잠시 빠져 봅니다.
선생님. 건강하시기를 응원합니다.

🐸 그린빛 김영희

님 그리워하는 맘 애절하네요…. 소산 선생님. 행복한 봄날 되셔요.

🐻 靑野/김영복

소산 선생님. '꿈속에서라도'라는 곱게 내리신 깊은 시심에 마음 한 자락 내려놓습니다.
오늘 밤도 평안하고 행복이 충만한 좋은 시간 되시기를 바라며, 늘 건안하시고 건필하시기를
바랍니다.

👲 雲海 이성미

꽃 피고 새들은 다시 돌아와 반기는데 한 번 떠난 그 임들은 다시 돌아올 줄 모르는 야속
함이 봄에는 그립기만 하지요. 애잔한 마음으로 머뭅니다. 선생님.

🍎 은빛

봄맞이로 꽃들의 잔치이니 그리운 님이 오죽이나 보고 싶으시겠습니까.
아마 꿈속으로 오실 것 같습니다.

내 고향 풍경

눈 감으면 안겨오는
그리운 고향 산천
세월이 빛을 바래어도
이 세상 어디를 가도
내 항상 그리는 고향

먼 하늘로 아련히 떠오르는
부모 형제의 포근한 숨결이
두고 온 청춘의 꿈들이
오순도순 정다운 이웃들도
심신의 핏줄로 녹아 흐른다.

돌담 골목길의 초가지붕들
마을 앞 정자나무 수호신도
산마루를 넘는 구름 한 점도
향수(鄕愁)에 목이 메이는 고향

언제나 돌아가고픈 그 시절
꿈결로 흐르는
흙냄새도 정겨운 풍경들이
가슴 시린 그리움으로 밀려온다.

가슴에 와 닿는 좋은 글 잘 보고 갑니다. 감사합니다. 즐거운 시간 되세요!

고향을 그리워하는 시인님의 시심에 머물다 갑니다.
행복한 날들 보내시길 바랍니다. 글 고마워요!

너무나 변해버린 고향. 그래도 늘 포근한 어머니의 품속 같죠.
잠시 향수에 젖었다 갑니다.

제 고향도 이제는 많이 변해 그 옛날에 고향은 마음속에만 남아 있는 듯합니다.
내 고향 풍경 그리움에 젖어부는 시향에 머물러 갑니다. 감사합니다. 소산 시인님!

잊을 수 없는 고향이지만…. 시로 멋지게…. 부러워요.

가슴 시리도록 그리운 부모, 형제. 고향 산천 이제는 향수로 남아 가슴에 묻고 살아가지요.

아련한 고향 풍경이 그려지는 주옥 시 감동입니다. 시인님 행복한 밤길 되세요.

고향의 풍경이 그려지는 고운 시향에 다녀갑니다.

고향이란 누구에게나 어머니 품속 같은 곳이지요. 고향을 생각하면 부모님이 생각나고 시
인은 아니지만 몇 줄의 시상이 떠오르지요.

달빛 소묘

떠나면 변하는 세상의 유랑 길
만나면 짧기만 하던 그 밤들
그윽한 임의 향기는 어디로 가고

지금은 적막에 휩싸인 달빛에
젖어 흐르는 쓰라린 마음뿐이네.

쓸쓸한 조각달에
야위어 가는 미련이
애달프구나.

넘치는 고독을 반추할수록
차가운 운명은
눈물로 얼어붙네.

행복으로 웃음 짓던
만월의 꿈은 그 언제이든가

모두 다 환상인
무지개 사랑이었나.

이제는 알았네.
저 달도 서러움인 줄

🍇　산월 최길준

달빛 소묘…. 넘치는 고독을 반추할수록 차가운 운명은 눈물로 얼어붙네…. 멋진 글 향에
젖어봅니다.

🍇　崔喇叭

달빛 소묘 좋은 시 감사합니다. 달빛은 너무나 차가운 기운을 발하는 빛입니다. 감사합니다.

🐻　산길 들길

서러운 달 바라보는 우리의 마음도 서러운 것을 깨닫게 됩니다.

🐻　강나루

달빛은 달에서 지구로 비치는 빛. 달에서 생성된 것은 아니고 햇빛의 일부를 달 표면이
반사해 생긴 것이지요. 달빛은 특정한 상징적인 의미를 지니고 있는 줄 압니다.
좋은 시를 만들어 주셨어요

🌸　문천/박태수

이제는 알았네, 저 달도 서러움인 줄. 달빛 소묘. 아름다운 글 향에 쉬어갑니다.

🌸　비발디 사계

저 달도 서러움인 줄을! 늘 고운 글 주셔서 고맙습니다. 소산님. 행복함 가득한 금요일 되시고
늘 강녕하세요. 소산님!

🍁　鄕耕 윤기숙

곱네요. 달빛 소묘. 오늘도 멋진 하루 축복된 삶 되세요!

두바이

황량한 모래바람이 이는 사막에
뜨거운 열기를 삭이는 미려한 초고층 빌딩들
문명의 오아시스가 넘실거렸다.

황금빛 젖줄이 흐르는
불야성을 이루는 거리마다
풍요로운 삶을 누리는
기적의 나라 두바이

랜드마크로 활활 타고 있는
세계 최고층 버즈칼라파
백육십삼 층. 팔백이십삼 미터 첨탑으로
한국인의 자긍심이 하늘을 찌르고 있었다.

상상을 초월하는 인공 섬. 팜 아일랜드
세계 최대의 두바이 쇼핑몰
흥분의 도가니에서 벗어나지 못하는
인간 욕망의 승리 낙원의 땅에

지금도 뜨거운 열사(熱砂)의 공기

거리마다 빌딩마다

아지랑이 꽃을 피우고 있었다.

　詩人의 香

아! 두바이가 이런 곳이군요…. 좋은 글 감사합니다.

　翠松 박규해

두바이를 배경으로 그리신 고운 시 잘 감상하고 갑니다. 구경 잘 하였습니다.

　雲岩/韓秉珍

소산 선생님. 오후 시간에 두바이 풍경과 고운 시심 잘 감상했습니다.
오후에도 건강 조심하시고 행복한 시간 보내시기 바랍니다.

　예수님의 보배

두바이가 선생님의 글 속에선 더없이 기적으로 꽃이 활짝 피고 있네요. 샬롬!

崔喇叭

사막의 땅 두바이에 우리나라 기술로 세계 최고층 빌딩을 건축했다는 것이 정말 자랑스럽
습니다. 두바이 잘 보았습니다. 감사합니다.

胥浩이재선

사막 위에 높이 서 있는 백육십삼 층의 아름다운 빌딩을 보고 놀랐습니다.
정말 기적의 나라 두바입니다.
아름다운 경치가 그대로 전해지는 글! 잘 보고 갑니다.

소당/김태은

여행가/소산 수필가 시인님께서는 참으로 멋진 생활을 하고 계십니다.
늘 건강 챙기시고 백수가 되셔도 건강하세요. 순간순간 행복한 삶을 사세요. 파이팅!

꿀벌

두바이에도 초고층 빌딩이 멋있습니다. 좋은 명시 글 읽고 갑니다. 감사합니다.
오늘도 행복한 하루 되세요!

눈보라

문학 시인님! 두바이를 다녀오셨군요. 엮으신 시를 보니깐 두바이가 참 아름다운 도시입니다….

만어사 萬魚寺

울창한 숲 속 급경사 길
꼬불꼬불 해발 칠백 미터를 숨차게 오르면
하늘을 향한 소리 없는 아우성
김수로왕의 창건 설화로 유명한 만어사(萬魚寺)의
수많은 바위(萬魚石)들이 탄성으로 반긴다.

아득한 전설이 서려 있는 거대한 돌너덜
쇳소리. 목탁 소리. 종소리 등
돌마다 다른 소리를 내는
가슴을 울리는 청아한 긴 여운의 신비로움은
감동으로 젖어들었다.

동글 뾰족한 어산불영(魚山佛影)
일만 마리의 물고기들이 넘실대는
이색적인 풍광은
금옥 소리를 내는 경석(磬石)의 보고(寶庫)였다.

여기저기 돌 부위마다
호기심의 발동으로 두드려 본
백색 분말의 상처가
염천(炎天)에 하얗게 타고 있었다.

翠松 박규해

만어사에 대한 유래와 역사를 보는 듯 그려 주신 고운 시 잘 감상하고 갑니다.

문천/박태수

금옥 소리를 내는 경석의 보고 만어사…. 아름다운 글 향에 쉬어갑니다.

꿀벌

시인님께서 만어사에 다녀오셨군요? 저도 얘기는 들었어도 가보지는 못했습니다.
김수로왕이 창건하셨다고 하시니 한번 가볼 마음이 생깁니다.
시인님께서 알기 쉽게 상세히 명시 글로 표현해주셔서 감사합니다.
더운 날씨에 건강관리 잘하시고 행복한 오후 되세요!

雲岩/韓秉珍

소산 선생님 점심시간에 좋은 시심과 만어사 풍경 잘 감상했습니다.
오후에도 무더운 날씨에 건강 조심하시고 고운 글 향필하시길 기원합니다.

靑松 김정식

만어사 문자 그대로 고기가 많은가 봅니다. 가보고 싶네요.
만어사! 좋은 시 감사드립니다.

문재학 시인님! 저희 고향 만어사를 다녀가셨나요?
만어사 하면 전설적인 사연이 담긴 유서 깊은 사찰이기도 합니다.
만어사 풍경을 아주 잘 표출해주셨습니다….

지난해에 만어사에 가본 적이 있어요.
대구~부산 간 고속도로를 타고 가다 영남루를 중심으로 양량지, 표충사, 만어사 등이 방으
로 펼쳐져 있어 한번만은 가볼 곳이라 생각합니다. 표현해 주신 글이 참 좋아요.

메콩 강 Mekong River

동남아의 젖줄 메콩 강
중국 내륙 깊숙이 발원지에서 오천리
동남아 반도를 가르며 굽이굽이 오천리

때로는 도도(滔滔)히
때로는 유유(悠悠)히

흥망성쇠. 풍운의 그림자
삶의 애환(哀歡)을
얼마나 실어 날랐으랴

상하(常夏)의 나라
울창한 밀림지대를
누비면서

꿈틀거리는 생명
기나긴 일만 리(里)를 흘러 흘러

새로운 희망
삶의 끈을 풀어내며
끊임없이 대륙을 적신다.
억겁(億劫)의 세월을

ⓒ 雲岩/韓秉珍

소산 선생님 메콩 강 동영상과 좋은 시심을 잘 감상했습니다.
오늘 밤도 건강 유의하시고 행복한 밤 보내시기 바랍니다.

🍀 소당/김태은

방방곡곡 안 가신 곳이 없고… 어찌 그리 시상이 잘 떠오르는지 부러워요.

ⓒ 惠潤

메콩 강은 계속 세계인을 놀라게 할 것 같습니다.
여행 가서 보고 느낀 감정 그대로 좋은 글을 읊어 주셨습니다.

👩 서율 박신영

흥망성쇠 젖줄 잡고 역사를 그린 메콩 강. 멋진 시어 속에 문맥 속에 그대로 살아 움직입니다. 많은 것을 읽게 되었습니다. 고운 월요일 되세요.

🐤 민채

강변 노천에 저렇게 큰 불상이 있는 것이 이색적입니다.
많은 역사를 엮어서 흐르는 강물과도 같은 시가 아름답습니다.

🌸 자스민/서명옥

메콩 강의 설명과 억겁의 세월을 딛고 유유히 흐르는 강물 위에 새로운 희망이 보입니다.

☀ 썬파워

메콩 강이란 고운 시 즐겁게 감상해봅니다. 감사합니다. 소산 시인님!

🍀 문천/박태수

동남아의 젖줄 메콩 강… 꿈틀거리는 생명의 시향에 쉬어갑니다.

모나코

바람도 구름도 쉬어가는
바위산 절벽 아래 해안가
험난한 지형에 번영의 꽃 피웠다.

미려한 빌딩 숲 사이로
짙푸른 지중해의 은빛 물결이
낭만을 실어 나르고

만(灣) 깊숙이 아늑한 곳에
수많은 호화요트와 여객선이
수려한 경관 속에
이국적인 정취로 물들어 있었다.

그레이스 켈리의 까마득한 사연도
풍광으로 어리어 흔들리는
아름다운 도박의 작은 나라 모나코

돌아보고 되돌아보는 곳에
삶의 풍요를 구가(謳歌)하는
그림 같은 풍광의 유혹(誘惑)
꿈결같이 다가온다.

※ 그레이스 켈리 Grace Kelly는 1956년 모나코 왕자와 결혼하여
두고두고 회자되는 당시 마릴린 먼로와 쌍벽을 이루는 세계적인 여배우다.

✿ **문천/박태수**

소산 시인님 세계 일주를 하셨군요. 이국적인 풍취의 모나코. 좋은 글에 쉬어갑니다.

✿ **민채**

여행을 정말 많이 하셨네요. 멀리 보이는 돌산 아래 도시가 깨끗하게 아름답습니다.
시 속에서 모나코의 풍경을 상상해봅니다.

✿ **운지**

아름다운 여생을 보내시는 시인님 참 부럽습니다. 그 여행기 귀한 문향에 마음 한 자락
내려두고 갑니다. 늘 건녕하신 가운데, 성필 만필하세요.

✿ **송백**

"바람도 구름도 쉬어가는/ 바위산 절벽 아래 해안가/ 험난한 지형에 번영의 꽃을 피웠다."
와! 멋진 표현 음미해 봅니다. 읽을수록 마음에 와 닿는군요.

✿ **소당/김태은**

그레이스 켈리, 오드리 헵번도…. 아름다운 미모…. 지금도 눈에 선해요.
멋지고 고운 시어에 머물다 갑니다.

✿ **미량 국인석**

모나코의 아름다운 풍광에 유혹당하셨군요. 지중해의 은빛 물결…. 호화요트 여객선….
그림처럼 시야에 펼쳐집니다. 좋은 글 즐겁게 감상해봅니다. 감사합니다. 소산 선생님!

✿ **눈보라**

모나코가 참 아름다운 나라이군요.
문재학 시인님의 탁월한 표현력이 아름다운 시로 잘 나열해주셨습니다!

✿ **雲岩/韓秉珍**

소산 선생님 덕분에 세계 여러 나라 방문 기행문과 사진을 잘 감상하고 있습니다.
오늘도 모나코 여행 사진과 시심을 잘 감상했습니다. 늘 건강하시고 행복이 가득하시길
기원합니다.

무장산 鍪藏山의 가을

때 이른 낙엽이 가을바람에 흩날리는
울울창창(鬱鬱蒼蒼) 급경사 숲길을 오르면
신라 무열왕의 천 년 전설이 깃든
무장사지(鍪藏寺址)를 품은 육백이십사 미터
무장산 산정(山頂)이 반겼다.

소슬바람이 일 때마다
펼쳐지는 숨 막히는 장관
억새꽃들의 은빛 물결의 파도가
가을 햇살에 눈 부신 산마루

서걱거리는 속삭임에
젖어드는 가을 향기가
마음속 깊이 출렁이고

포근한 솜털 융단의 향연이
가슴 시린 가을 하늘에
황홀한 수채화를 그렸다.

멀리 동해바다 그림자 위로

아스라이 토함산이 손짓하는

아름다운 풍광이 가을을 수놓고 있었다.

🐝 꿀벌

무장산 억새꽃이 너무 아름답습니다. 시인님께서 무장산에 대한 내력을 짧은 시글을 소상하게 엮어 주셔서 감사히 읽고 갑니다. 늘 명시 글 올려 주셔서 감사합니다. 깊어만 가는 가을 만끽하시고 행복하시기를 기원합니다.

🍀 꽃미

가을철 억새단지로 유명세를 타고 있는 경주 무장산은 MBC 역사드라마 '선덕여왕' 촬영지로 알고 있습니다. 기발한 시, 좋은 시입니다.

🍃 성을주

무장산을 보기 위해서 함께 떠나고 싶습니다. 너무 좋은 시라 읽고 보니 기분이 좋습니다.

🍁 노을풍경1

무장산에 가을 풍경이 제 눈 안에도 가득 펼쳐지는 듯싶습니다.
가을을 한껏 느낄 수 있는 고운 글 향에 머물다 갑니다. 늘 행복하신 나날들이 되십시오!

🌸 꽃반지

무장산 그곳에는 억새꽃이 은빛 물결입니다. 가을 정취에 흠뻑 젖었습니다.
좋은 작품 수고하셨습니다. 늘 행복하시어요.

은빛 억새꽃이 너무 아름다운 산인가 봅니다. 한번 가보고 싶네요.
아름다운 글 감사합니다. 편안한 저녁 되소서.

무장산 다녀오시며 잘 표현된 시향에 머물러 갑니다.

가을 억새의 흔들리는 모습이 보이는 듯한 아름다운 글 시 잘보고 갑니다, 감사합니다.

무정세월

1. 무정한 세월은 흔적도 없네.
그리움을 방울방울 남겨 놓고
바람같이 소리 없이 가버리네.
쓸쓸한 밤 홀로 앉아
눈물의 씨앗만 헤아린다.
서러운 마음을 흔드는
잡을 수 없는 세월아
안타까운 주름살만 늘어 가는데.
그 언제나 그리운 임을 만나
가슴에 맺힌 한을 풀어보랴.

2. 무정한 세월은 꼬리도 없네.
추억을 방울방울 남겨 놓고
꿈결같이 흘러간 그 시절에
애달픈 자국마다
눈물로 살아나는 임이여
외로운 마음을 흔드는

잡을 수 없는 세월아
원망스런 백발은 짙어 가는데.
그 언제나 정다운 임과 함께
담소화락(談笑和樂)의 꽃을 피워보랴.

꿀빌

시인님 새해 안녕하십니까? 세월은 참 무정하기만 합니다.
우린 가만히 있는데 세월이 흘러가면서 얼굴에 주름살 늘게 합니다.
세월은 잡을 수가 없는 것이 아쉽습니다.
새해에도 명시 글 주셔서 읽고 갑니다. 감사합니다.
새해 복 많이 받으시고 만사형통하세요!

윤우:김보성

그리운 임을 만나 "가슴에 맺힌 한"과 "담소화락(談笑和樂)의 꽃"을 나누고 싶네요….
선생님의 새해 건강하시고 행복하신 문학 활동 응원합니다.

문천/박태수

바람처럼 스쳐가는 무정한 세월…. 흔적을 남기지 않네.
한 많은 백발은 짙어가는데… 좋은 글 향에 쉬어갑니다.

♣ 나무꾼

무정한 세월은 그렇게 가고 오고 무상한 군상들도 그렇게 오고 가고 이내 청춘도 다 늙어
간다. 작가님! 가는 세월이 야속하기만 합니다. 작가님. 지난 1년 동안 세계 아름다운 곳을
앉아서 공으로 구경하였습니다. 여행 가이드 책을 낼만큼 훌륭한 안내 책자를 보는듯한
즐거움을 주신데 대하여 이 기회를 빌려 감사드립니다.

😊 눈보라

문재학 시인님. 자연적으로 흐르는 세월을 역행할 수가 없지요.
너무 빠른 세월이 무정세월이지만… 또 나에게 부여하는 세월을 값지게 소중하게 삼고
싶습니다.

🐑 미랑 국인석

무정한 세월은 꼬리도 없네. 추억을 방울방울 남겨 놓고… 애틋한 시향에 겨울밤이 더욱
춥습니다. 소산 선생님 새해 복 많이 받으시고 건승 건필하세요!

🍇 崔喇叭

소산님의 무정세월 시 잘 보았습니다. 정말 세월은 무정하기만 합니다. 감사합니다.

🍀 소당/김태은

백발을 원망하지 마세요. 훈장이 더 아름다움을 느껴 보세요!

🌸 허부 許富 Herb

잘 지어진 글은 금처럼 귀하답니다. 올해도 좋은 글 많이 써 주시고 내내 건강하세요.

무주구천동

신라시대고찰 백련사(白蓮寺) 가는 길
전설 어린 월하탄(月下灘). 비피담(琵琶潭) 등등
명소를 안고 굽이굽이 오르면

울창한 녹음이 드리워진
물빛 그림자
암반 위의 비말(飛沫)로 부서지고

청류 계곡 십 오리(十 五里)
골골마다 옥수물 소리
싱그러운 바람 소리
청아한 산새 소리 향연에
온갖 시름을 씻어 내린다.

고달픈 득도의 길
이속대(離俗臺)에서
속세의 연을 끊고 올라서면
호젓한 백련사가 반긴다.

삼십삼 비경(祕境)의 무주구천동
심신을 자연의 숨결로 물들이는
선경(仙境)의 별유천지(別有天地)였다.

🍎 **은빛**

글만 읽고 달려가고픈 무주구천동. 아름다운 자연 속으로 내려놓고 싶네요.

😊 **가을하늘**

무주구천동의 아름다운 비경에 취합니다. 좋은 글 감사합니다.

🍇 **崔喇叭**

무주구천동하면 그 뭥뿥이 생각납니다. 좋은 시 오늘도 잘 보고 갑니다. 문재학님 감사합니다.

🍀 **옥화**

무주구천동 백령사의 전경이 너무 잘 표현이 되어 한번 보고 싶은 마음이 생깁니다.

어쩜 글과 사진을 보고 직접 무주구천동에 와 있는 기분입니다. 글 잘 보았습니다.

계곡의 맑은 물소리가 들리는 듯 시원한 곳이 그리워지는 계절…. 전라도까지 놀러 가시고
고운 시를 쓰시고 참으로 멋져요.

현대판 김삿갓입니다. 그려.
여기 번쩍. 저기서 시 한 수. 요기서 한잔 술. 또 어딘가에서 사랑을….

맑은 물소리. 시원한 계곡이 그립습니다. 고운 시로 만들어 내는 소산 시인님! 부럽소이다.

무주구천동 다녀오시며 깊은 뜻을 지닌 고운 시향에 다녀갑니다.

무창포 해변의 기적

조물주의 조화인가
넘실대던 쪽빛 바다에
기적같이 열리는
신비의 바닷길

애달픈 전설의 석대도(石台島) 가는 길
일 점 오 킬로
구름처럼 밀려드는 인파(人波)
울긋불긋 반원형 꽃 그림을 그렸다.

돌출(突出)된 거대한 암반(巖盤)에는
초록으로 단장한 비단결 해조류가
숨겨둔 고운 자태를 자랑하며
탄성의 빛을 뿌렸다.

땀방울을 걷어내는 바닷바람을 안고
너도나도 호미로 앞다투어
이곳저곳에서 환희를 담고 있었다.

가족들의 부르는 소리
안고 안기는 행복의 소리가
정오(正午)의 햇살을 달구고 있었다.

🍀 **푸른 별**

아름다운 곳이네요. 고운 글로 안내해 주시니 너무 감사합니다.

💬 **혜슬기**

무창포해수욕장과 대천해수욕장을 잇는 남포방조제가 생기면서 뭍과 연결. 섬 전체가 하나의 정원으로, 천혜의 섬 죽도가 지닌 자연미를 그대로 살린 탄성의 곳이 되었습니다.

👧 **가을하늘**

신비의 해변을 함께 걷습니다. 좋은 글 즐겁게 감상합니다.

🌸 **문천/박태수**

일 점 오 킬로 무창포 해변의 기적…. 아름다운 글 향에 쉬어갑니다.

😊 **눈보라**

문재학 시인님!
무창포 해변…. 자연의 아름다움과 자연의 조화로움을 아주 잘 표현하셨습니다….

🐸 **미미멘트**

아름다운 곳 소개해 주셔서 감사해요!
자연의 아름다움처럼 싱그러운 마음으로 날마다 웃음 짓는 고운 날 되셔요.

🐤 **미량 국인석**

신비의 바다를 보고 오셨군요? 가정의 달 오월! 행복으로 가득 채우세요. 소산 선생님!

밤의 강

휘영청 달 밝은 밤
만월(滿月)에 행운을 속삭이던
그리운 그 옛날이
어둠을 사르는 그리움이 되어
밤하늘에 강을 이룬다.

아른아른
은하수를 수(繡)놓으면서
사랑으로 물들이던 행복
되돌아보니
가닥가닥 사연들
가슴에 엉키어
뜨겁게 밀려오네.

건널 수 없는 밤의 강
저편에
미련은 그림자의 파도에 출렁이는데
고독은 눈물에 젖어오고

밤이 깊어 갈수록
흔들리는 달빛 따라
아득한 추억이 꿈결로 흐른다.

🐟 **최형호**

멋있고 좋은 글입니다. 가슴에 와닿네요. 보내주셔서 잘 읽었습니다. 감동 또 감동입니다.

🌹 **조수아 조복수 시인**

시 아름답게 잘 써서 이태백이도 울고 가겠습니다. 고운 밤 보네세요.

🌺 **한송이 백합**

오늘 밤 저도 꿈길에서 그리운 님을 만나 볼까요? 감사합니다. 고운 시어에 머물다 갑니다.

♣ **홍종흡**

옛 추억을 생각나게 해주시는군요. 아련한 마음으로 보고 갑니다. 감사합니다. 소산 시인님.

🐻 **연지**

간지러운 시어에 푹 쉬었다 갑니다. 복 많이 받으세요.

✿ **협원**

문 시인님의 아름다운 글에 점점 빠져드는 듯합니다.
병신년 새해엔 더욱 강건하시고 뜻한 바 모두 이루세요.

🍁 **예랑**

눈 내리는 밤의 강. 이렇게 흰 눈이 펑펑 쏟아지는 밤이면 등불 밑의 나는 또 하나 다른
로댕의 사람이 되어버려요. 좋은 글의 시를 읽어봅니다,

백두산 2

그 이름도 정겨운 백두산
압록강과 두만강의 발원지로
국경을 이룬 세월이 그 얼마인가

시뻘건 불기둥. 시원(始原)의 흔적
장엄한 첨봉(尖峯)들의 서기(瑞氣)도
천지간(天地間)에 자욱한 안개가
천지(天池)의 속살을 가리드니

천지(天地)의 조화로
거울 같은 옥빛 수면(水面)을
호기심의 불꽃으로 수(繡)놓고

하늘빛으로 녹아든 성스러운 숨결
신비감으로 일렁이었다.

민족의 정기 어린 백두산
통일의 염원은
언제나 이룰 수 있을까.

두 손을 모아
천지신명(天地神明)께
빌고 또 빌었다.

남의 땅, 우리나라 대표 산, 북한을 배경으로 한 백두산….
통일의 염원 가득한 시인의 마음에 깊이 동감합니다.
참 좋은 시, 잘 감상했습니다. 무더운 여름 잘 보내시기 바랍니다. 감사합니다.

해솔 김영용

백두산 천지의 쇠사슬이 웬 말인가? 마치 휴전선의 철조망을 연상케 합니다.
통일을 바라는 소산 시인님의 좋은 시향에 머물다 갑니다.

꿀벌

시인님 백두산에 다녀오셨군요?
참 안타까운 일입니다. 한반도 민족의 통일이 언제나 될려지…. 명시 글에 감사드립니다.
무더운 날씨에 건강관리 잘하시고 행복한 금요일 되세요.

雲泉/수영

소산님이 백두산에 직접 여행가셔서 보고 느낀 감정의 시. 제가 읽게 됨을 영광입니다!

🐦 미량 국인석

오늘따라 백두산의 위용이 대단해 보입니다.
모두가 우리의 땅이면서도 멀리서만 바라보아야만 하는 안타까운 현실에 가슴 아픕니다.
고운 글 잘 감상했습니다. 무더운 날씨에 건강하시구요. 소산 선생님!

♣ 나무꾼

"민족의 정기 어린 백두산 통일의 염원은 언제나 이룰 수 있을까. 두 손을 모아 천지신명
(天地神明)께 빌고 또 빌었다."
함께 빌어봅니다. 통일을 염원하는 시 잘 보고 갑니다.

🌸 문천/박태수

빨리 통일이 되어 백두산을 우리 땅에서 올라 보았으면 좋겠습니다. 좋은 시 감사합니다.

🌹 운지

시인님 담아내신 통일의 염원에 합장하면서 반가움 소복이 내립니다.
건강한 여름 나시길요!

👦 김부장

기상이 상당히 좋았던 것 같네요. 두 손 모아 빌고 또 빌고. 우리 세대 때 통일의 꿈을 이루
었으면 좋겠습니다.

🍀 백초

중국 백두산 다녀오기도 힘겨운데 시까지…. 대단한 정력….
찜통더위에 건강 조심하십시오.

세고비아의 에레스마 강이 보이는 언덕
동화의 나라 알카사르 백설공주 성
현기증을 일으키는 아슬아슬한 절벽 위에
신비로운 빛을 뿌리고 있었다.

감흥을 더하는 문양의 벽면들 사이
창문으로 손을 흔드는 백설공주의 환영은
꿈의 나라 동심(童心)으로 젖어들고

십오 세기 이사벨 1세 여왕의 대관식
전설 같은 사실이
아련한 세월 속에 어리어 있었다.

하늘을 찌를 듯한 첨탑(尖塔)들
주탑 위로 빙 둘러 길게 드리운
반원형 돌출된 오묘한 형상들의
흘러내릴 듯한 예술의 혼이 아름다웠던
숲 속의 백설공주 성

보고 또 보아도 홀렸던 풍경들이
그리운 추억으로 흔들린다.

雲泉/수영

백설공주의 성으로 더욱 많이 알려진 곳으로 알고 있습니다.
내가 직접 백설 공주의 성에 와 있는 듯한 느낌입니다.

鄕耕 윤기숙

백설공주 성 문재학님의 고운 글 다녀갑니다.
행복하고 복된 날 이루소서.

꿀벌

백설 공주의 성에 대하여 상세하게 시로 표현해주셔서 많이 읽고 갑니다. 명시 글 감사합
니다.오늘도 많이 웃으시고 즐거운 날 되세요.

崔喇叭

백설 공주의 성도 아름답군요.
옛날 옛적에 저런 건축기술이 정말 대단하였다는 생각입니다. 좋은 글 감사합니다.

가을하늘

백설 공주 성 즐겁게 감상합니다. 좋은 글 감사합니다.
꽃샘바람에 건강 조심하시고 즐거운 오후 되세요.

문천/박태수

동화의 성 세고비아의 백설공주 성…. 아름다운 영상과 글 향에 쉬어갑니다.

미량 국인석

알카사르 성이 신비롭습니다.
동화에 나오는 백설 공주의 무대가 여기였던가요? 즐겁게 감상해봅니다.
소산 선생님! 건승 건필하세요!

백조의 성 노인 슈반스타인 성

슈반가우 숲 속 험산 절벽에
홀로 우뚝 선 장쾌한 풍광
그림 같은 호수를 거느린
동화 속 나라의 백조의 성

비운의 루트비히 2세 왕의 열정
영혼의 그림자가
전설처럼 어리어 있다.

다그락 다그락
마차의 말굽 소리
울창한 숲 속을 울리면서
감미로운 향기로 묻어나는
아름다운 자연의 낭만 속으로 흘러들고

신비감이 감도는 물안개 속에 피어오르는
환상적인 신비의 성

꿈속 같은 고성의 매혹(魅惑)
눈부신 풍경이
밀려드는 관광객들의 가슴을
탄성으로 흔들고 있었다.

※ 백조의 성은 독일의 바이에른 주 퓌센 fussen의 근교에 있는 호헨슈반가우에 있는 성으
로 루트비히2세 왕이 1868년에 시작하여 17년간 건축한 성임

🌸 꽃방울

독일 퓌센에 있는 노이 슈반슈타인성이에요. 정말 아름다워요!
월트디즈니 성이 이 성의 모습을 본떠서 만들었다고 해요.
마치 동화 속의 성을 그대로 옮겨 놓은 것 같다고 하네요.
잘 꾸민 시를 보게 해주셔서 감사합니다!

😊 龜岩 허남기

늘 그림으로만 보아왔던 백조의 성, 소산 선생님의 시향에 한 번 가고픈 충동이 앞선답니다.
잘 감상했습니다.

🐝 꿀벌

노이 슈반스타인 성이 웅장하고 아름답습니다. 귀한 풍경과 명시 글 감상하고 갑니다.
고맙습니다. 깊어만 가는 가을 즐기시면서 행복하세요.

🌸 문천/박태수

독일 슈반가우 숲 속의 장엄한 백조의 성…. 아름다운 영상과 시향에 쉬어갑니다. 감사합니다.

😊 雲岩/韓秉珍

소산 선생남 저녁 시간에 백조의 성 고운 시심을 잘 감상했습니다.
오늘 밤도 일교차에 건강 유의하시고 행복한 밤 보내시기 바랍니다.

👩 수진 桃園 김선균

낭만과 함께 하는 신비로운 '백조의 성' 잘 감상했습니다. 감사합니다.

👦 눈보라

문재학 시인님! 독일에 있는 백조의 성을 다녀오셨군요. 참으로 아름다운 성입니다….
글로서 그 아름다움을 절절하게 잘 표현해주셨어요.

🍀 백초

사진도… 시도 너무 멋집니다. 날마다 발전하는 모습 보기 좋습니다.

백지 사랑

◇◇◇◇◇◇◇◇◇◇

그건 마음의 창이다.
부풀어 오르는 상념
상상의 나래를 펼치는
때 묻지 않은 순수의 공간

물감이 뚝뚝 떨어지면
한 폭의 산수화로 살아나고
애정이 담긴 붓끝으로는
불타는 연서(戀書)가 된다.

가슴의 감흥을 풀어내면
아름다운 시어로 꿈틀거리는
무궁무진한 사유(思惟)의 터

종횡으로 누비며
흔적으로 남길 수 있기에
백옥 같은 너를 사랑하노라.

그러나 어찌하랴.
망설임의 능력이
얼룩을 지울까 두렵구나.

❀ **문천/박태수**

여백의 백지 사랑…. 아름다운 시향에 쉬어갑니다.

❀ **소당/김태은**

불타는 뒷넋 옛날엔 펜 글씨로… 흔적을 남기고….
자서전을 쓰고… 아름다운 시어가 내 마음을 사로잡네요.

❀ **산월 최길준**

백지 사랑…. 종횡으로 누비며 흔적으로 남길 수 있기에 백옥 같은 너를 사랑하노라. 멋진
글 향에 쉬었다 갑니다.

❀ **푸른 별**

백지 위에 고운 꿈이 날아드는 고운 글에 마음의 꽃다발 드립니다.
성필하소서. 감사합니다.

❀ **가을하늘**

백지 사랑에 취합니다. 고운 시어에 머뭅니다.

❀ **자연 사랑**

백지 사랑에 담긴 아름다운 시향의 깊은 뜻이 우리의 마음을 설레게 합니다.
좋은 시에 잘 머물다 가며… 헌신과 수고에 진심으로 감사드립니다.

❀ **산길 들길**

순수한 백지 위에 사랑이 얼룩질까 조심조심 다가갑니다.

❀ **꿀벌**

'백지 사랑' 아름다운 시향에 머물다 갑니다. 감사합니다.
깊어만 가는 가을 오늘도 좋은 일 가득하시고 행복하세요.

베니스

막막한 갯벌 위에
천오백 년 열정이
기적의 터전으로 꽃피웠네.

넘나드는 바닷물로
세월을 씻어 내리고

좁은 수로를 누비는
곤돌라는 삶의 빛으로 흘렀다.

대운하를 돌아가는
육중한 석조건물들이
위용을 자랑하는데

물결을 가르는 뱃머리마다
수많은 탐방객의
탄성의 메아리가 높다.

거대한 물고기 형상의 베니스
그것은
바다 위에 둥둥
짜릿한 인간 승리의 감동이어라

성을주

베니스를 한눈으로 보게 표현한 시 감상합니다!

홍두라

베니스 도시를 한눈으로 읽습니다.

濩華 김정임

선생님 건강하시지요. 선생님의 고운 시심에 즐겁게 머물다 갑니다.
오월 한 달도 건강하시고 행복하세요. 선생님!

꿀벌

베니스 도시가 물에 잠겨있네요.
한눈에 볼 수 있고 물에 잠긴 도시를 글로 잘 표현하신 멋진 글 읽고 갑니다. 감사합니다.

문천/박태수

거대한 물고기 형상의 베니스···. 아름다운 영상과 문향에 쉬어갑니다.

雲岩/韓秉珍

소산 선생님 베니스 시심을 잘 감상했습니다.
늘 건강하시고 행복이 가득하시길 기원합니다.

소당/김태은

건강하게 무사히 여행을 다녀오셔서 멋진 시··· 올려주심에 감사드려요.

봄바람 2

그렇게도 괴롭히던
동토의 칼바람이
할퀴고 간 천지에

시간의 배를 타고 찾아온
따사로운 햇살을 품은
소리 없는 봄바람이
대지를 적시고 있다.

살랑살랑
마른 가지. 마른 잎을 흔들어
부드럽게 일깨우는
아득한 생명의 소리따라

오늘도
소생의 꿈을 실은
향기로운 봄바람이 분다.

화창한 봄날에
가슴 흠뻑 젖는 간지러운 봄바람이

🔹 **은월 김혜숙**

봄이 아롱아롱 피어 걸어 오는 듯합니다.
멋진 시향에 맞추어 가만히 들여다보았습니다. 향필하세요. 선생님.

🔲 **해솔 김영용**

아무리 강한 칼바람도 언젠가는 봄의 산들바람 낭자에게 자리를 물려주고 뒤돌아보며…
떠날 수밖에 없겠지요. 문재학 시인님의 아름다운 시향에 머물다 갑니다.

♣ **나무꾼**

봄을 깨우는 새소리가 시처럼 고운 날. 시가 더욱 곱게 보이네요. '소산' 향기로운 봄날 되세요.

🌼 **송백**

봄바람이 느껴지는 요즘, 글로 표현해주시니 더욱 정겹게 다가옵니다. 감사합니다.

🐻 **솔비**

완연한 봄바람에 향기를 느끼는 시간 햇살 맑은 창가에 앉아 작가님이 올려 주신 봄바람
느낌으로 담아 보려고 합니다. 오늘도 행복한 시간 되시고 늘~건안 건필하시길요.

🔹 **고속버스**

움츠렸던 가슴을 쫙 펴게 되는 좋은 글 감동이네요.

☀ **썬파워 국인석**

훈훈한 봄바람이 잠들어 있는 나뭇가지와 뜰에 새싹들을 깨우고 있습니다.
봄바람이 처녀들 들로 유혹하며 손짓을 하고요 고운 글 즐겁게 감상해봅니다.
감사합니다. 소산 시인님!

봄의 빛과 향기

등등(騰騰)하던 동장군의 기세
부드러운 햇살에 녹아 흐르고

온 누리에 새 생명의 불을 지피는
만물들의 자욱한 숨소리
봄기운의 유혹이 향기롭다.

뫼 새들 현란(絢爛)한 율동에
봄빛이 묻어나고
봄을 재촉하는 이슬비에
송알송알 봄빛이 맺힌다.

터질 듯 부푼
분홍빛 매화 꽃봉오리에는
정령(精靈)의 미소가 눈부시다.

구름과 안개로 씻어낸
상념에 묻어나는 봄 향기가
마음을 맑게 적셔주는
춘정(春情)으로 무르익는 산하
가슴 설레는 희망찬 봄
스치는 바람조차 향기롭다.

🌹 **꽃방울**

봄의 향기를 느껴보는 건 어떨까요? 봄은 연인들이 사랑을 속삭이기에 더없이 좋은 계절입니다. 봄 햇살을 즐기면서 자유롭게 사랑을 속삭일 수 있기 때문이죠? 좋은 시글 감상합니다.

🎀 **옥화**

온 누리에 새 생명의 불을 지피는 만물들의 자욱한 숨소리.
봄기운의 유혹이 향기롭다. 좋은 시글 감상합니다.

🐟 **꿀벌**

누가 뭐래도 흐르는 세월은 잡을 수가 없는가 봅니다. 기세당당한 동장군도 세월 앞에는 못 이겨 떠나야 하는 것을 보면…. 봄이 가까이 오니 봄의 빛과 향기를 느끼게 됩니다. 멋진 글에 머물다 갑니다. 감사합니다. 행복한 저녁 시간 되세요.

🐰 **率香/손숙자**

봄 향기 가득한 시향에 상큼함을 느끼고 갑니다. 늘 향필하세요.

🌸 **박수희**

아름다운 봄의 향기 잘 감상하고 감사드립니다.

🌼 **신흥해**

봄의 향기 물씬나는 봄에 좋은 시 한 수 감사합니다.

♣ **나무꾼**

세상은 하나의 꽃밭 꽃향기 가득한 빛깔 고운 글에 취해봅니다. 향기로운 날 되세요.

🍀 **백초**

봄 향기 물씬 풍기는 고운 시…. 감사합니다.

👦 **눈보라**

가슴 설레는 희망찬 봄. 스치는 바람조차 향기롭다….
문재학 시인님의 고품의 시어 속에 봄의 향기를 듬뿍 마십니다.

봉황고성 鳳凰古城

호남성(湖南省) 상서(湘西)벽촌에
타강(沱江)을 중심으로 둥지를 튼
찬란한 문화유적 봉황고성

다층구조의 독특한 목조건물들의
아름다운 자태에
천 년 역사의 숨결이 일렁이고

조각배로 유람에 나서면
타강을 가로지르는 홍교(虹橋)랑
이색적인 조각루(吊脚樓)들의
풍광이 선상으로 쏟아진다.

밤이면
건물마다 드리운 홍등(紅燈)이랑
불야성을 이루는 현란한 네온 불들이
천(千)의 매력으로 강물을 수(繡)놓아
환상적인 분위기에 숨이 막힌다.

옛 건물들의 정취에 물든
몽환(夢幻)적 풍경들이
감동의 물결로 출렁이면서

☺ 所向 정윤희

4000년 역사의 봉황고성(鳳凰古城)을 다녀오셨군요. 선생님 다리는 백만 불 다리입니
다, 그 먼 길을 다녀오시고 이리 좋은 글로 다시 읽게 되어 감사합니다.
편안한 주말을 보내세요.

☺ 미량 국인석

봉황고성의 아름다운 풍광을 소산님의 글 향에서 즐겁게 감상해봅니다.
구월입니다. 새달에도 강건하시고 건필하세요. 소산 시인님!

☺ 白雲/손경훈

봉황고성의 자태가 확연하게 떠오르는 글 고맙습니다.

☺ 문천/박태수

감동의 물결로 출렁이는 봉황고성⋯. 아름다운 영상과 글 향에 쉬어갑니다.

🍀 **원앙 요정**

배경과 글이 멋지네요. 잘 계시지요. 언제나 좋은 글 오려 주셔서 감사드립니다.
늘 건강하시고요. 즐거운 휴일 되세요.

🍀 **소당/김태은**

반영사진도 시도⋯. 소산님도 멋지세요.

👧 **수진 김선균**

아름답게 실감 나는 기행 시, 잘 감상했습니다. 감사합니다.
건강과 행복이 가득하길 기원합니다.

💎 **뽀얀 눈꽃**

조각배로 유람에 나서면 타강을 가로지르는 홍교(虹橋)랑 이색적인 조각루(吊脚樓)들
의 풍광이 선상으로 쏟아진다. 좋은 글만 올려주신 소중한 님의 글에 머물다 갑니다.

부부의 정 2

험난한 세상
사랑의 끈으로 휘감고 감아
언제나 함께한 세월

차가운 병마에 시달리면
뜨거운 사랑으로 녹이고
고통의 수렁에서 허덕이면
따뜻한 정으로 손잡아 주었지.

늘어나는 주름살 위로
백발을 드리우며
하얗게 재촉하는 황혼길

애처로운 마음은
아련한 추억의 갈피 속에
연민으로 젖어 흐른다.

소중하고도 소중한 남은 여생
비단길 같은 황혼의 노을에
포근한 부부의 정을 싣고
행복의 별을 헤아리고 싶어라.

🐟 옥화

부부의 정(情). 참으로 영원할 것 같고 무한할 것 같은 착각 속에 있어요.어이없게도 지내고
보면 찰나인 것을 모르고 한평생 살고 있어요.
참 좋은 시글 읽습니다.

🐝 꿀벌

인생 한평생 살면서 끈끈한 부부의 정보다 좋은 정은 없습니다.
즐거울 때나 슬플 때나 언제나 함께할 사람은 부부 뿐입니다.
좋은 시글 읽고 갑니다. 감사합니다, 편안한 시간 되세요.

🌸 문천/박태수

비단길 같은 황혼의 노을에 빛나는 부부의 정…. 아름다운 시향에 쉬어갑니다.

🍇 崔喇叭

소산 문재학 시인님의 부부의 정2 잘 보았습니다. 부부란 그런 사이로 사랑으로 百年偕
老를 해야 하는데, 요즘 세상 부부가 원수로 변하는 이혼이 성행하고 있으니 걱정입니다.
좋은 시 잘 보고 갑니다. 감사합니다.

🐤 미미멘트

소산 시인님 안녕하셔요. 따뜻하고 사랑이 듬뿍 담긴 글 주셔서 행복하게 읽었습니다. 늘 좋
은 일만 생기시고 즐거운 마음으로 행복 가득 채우는 날 되세요!

🌸 비발디 사계

늘 고맙습니다. 소산님. 소중한 남은 여생 오래도록 두 분 강녕하시어 행복하세요.
감기 조심하세요. 소산님!

😊 눈보라

문재학 시인님. 시속에 부부의 정을 참 아름답게 잘 묘사하셨습니다.
소중한 남은 여생 부부와 함께 사랑으로 살아가야겠어요.

빅토리아 폭포

거대한 잠베지 강을 수놓으며
천둥 치는 빅토리아 폭포

천칠백 미터를 꿈틀거리는
백 미터 낙차(落差)의 새하얀 폭포수

대지를 가르는 굉음(轟音)은
하늘에 솟구치고

천지를 뒤덮는 비말에 어리는
황홀한 무지개의 향연

가슴을 얼어붙게 하는
감동의 여운에
넋을 잃고 숨도 멎었다.

뜨거운 열기를 달래는
장엄한 풍광

억제치 못할 궁금증
헬기로 돌아보니

언제나 추억담으로 살아날
한 폭의 아름다운 수채화였다.

헬기를 타고 빅토리아 폭포를 감상하는 기분이 모두 시글로 표현된 것 같습니다.
저가 헬기를 타고 빅토리아 폭포를 감상하는 기분입니다.

협원
멀리 폭포로 내 몸이 들어간 듯 아찔한 시글에 희열로 감동합니다.

소당/김태은
우와! 멋진 사진과 시어… 한참 머물다 갑니다. 멋져요.

꿀벌

빅토리아 폭포 보기만 해도 물 떨어지는 소리가 클 것 같습니다.
늘 해외여행 이미지와 좋은 시글 주셔서 감사히 읽고 보고 갑니다. 고맙습니다.
늘 오늘처럼 행복하세요.

수진 桃園 김선균

탐험가 리빙스턴이 발견한 그 폭포인가요?
듣기로는 나이아가라보다 훨씬 크고 웅장하다고 들었는데 사진으로 보니 대단합니다.
신기한 것은 폭포물이 절벽과 절벽 사이로 떨어지네요. 그럼 소리가 천둥소리처럼 크게 울릴
것 같습니다. 소산 시인님의 시를 통해 정말 대단한 폭포라는 것을 느낍니다.
잘 감상했습니다. 감사합니다.

작은 천사

장엄한 풍광에 저도 빠져 봅니다.

청향/임소형

빅토리아 폭포의 절경이 한눈에 다 각인이 되는 세세한 시 내려 주셔서 멋진 풍광과 함께
함을 감사드립니다. 앞으로도 멋진 글 기대하겠습니다.

사랑의 강

마음과 마음을
순정의 끈으로 엮은 사랑
행복의 향기를 찾아
밝은 꿈을 향해가는
기나긴 사랑의 강

구름처럼 흘러가는 세상
고달프고 쓰라린 바람 불어도
천리만리 길에
정 하나로 다리를 놓아
사랑의 불씨를 키우고 싶어라.

희로애락 삶의 꽃
감정에 얽힌 눈물도
변함없는 믿음으로
배려하는 마음의 문을 열고
정답게 건너고 싶어라.

언제나
달콤한 젖줄이 흐르는
사랑의 강을

아름답고 행복한 사랑의 강 모두가 다 건너고 싶은 강이지요.

구름같이 흘러가는 세상 다 잊어버리고 사랑의 강을 건너봅니다. 명시 글 감사합니다.
9월의 첫 주말 즐겁게 보내세요.

너무너무 아름다운 글 주셔서 마음이 즐거워지네요. 기쁨이 한 아름 가득하셔요.

일상생활에서의 사랑 실천은 배려이지요. 따뜻한 인간미 넘치는 '사랑의 강'
잘 감상했습니다. 감사합니다.

문재학 시인님. 언제나 달콤한 젖줄이 흐르는 사랑의 강을 마시며 살고 싶습니다.
고운 시에 음미를 하면서 포근히 쉬어갑니다.

달콤한 사랑이 줄 줄 넘쳐흐르는 고운 시어 천장 도배 바르다가 댓글 쓰네요.

오늘은 달콤한 사랑의 강을 건너도 싶습니다. 좋은 명시 글 감사합니다.

달콤한 젖줄이 흐르는 사랑의 강…. 감동입니다.

사랑의 꽃

인연의 끈이 닿아
가연(佳緣)으로 맺은 연분
맑디맑은 순정이 흐르는 강에
사랑의 배를 띄우고
숨 가쁘게 달려온 지난 세월

따스하게 스며드는
끝없는 사랑의 숨결은
언제나
메마른 영혼을 적셔주었고
삶의 기쁨을 솟게 하였다.

애정의 불을 밝히며
향기로운 울림으로 태워
당신의 빛에 물든 사랑

그건
가슴에 피어오른
영원히 시들지 않는
사랑의꽃이어라

윤우:김보성

시들지 않는 꽃. 사랑의 꽃. 가슴에 묻어둔…. 누구나 가슴에 묻어둔 시들지 않는 꽃이 있을까요? 선생님에 변함없는 참여가 2016년도에도 파랑새의 꿈 가족님들에게 큰 기쁨이 될 것이라 감사합니다. 추운 날씨 건강하세요.

해솔 김영용

맑디맑은 순정이 흐르는 강에 사랑의 배를 띄우고…. 참 아름다운 시어에 머물다 가옵니다.

야헌 김현만

메마른 내 영혼을 깨우는 단비 같은 님이시여. 꽃처럼 바람처럼 당신의 빛에 내 가슴 물든 사랑이여. 시어가 아름답습니다.
마음속의 여인이 그려집니다. 건필하소서.

소당/김태은

하늘나라에도 함께 가소서 사랑의 꽃 안고서.

所向 정윤희

가슴에 시들지 않는 영원한 사랑의 꽃이어라.
아고 선생님 그런 사랑 언제 해 보나 싶습니다. 제 희망 사항인데요.
어찌 마음을 헤아려 주신지요. 멋지십니다….

雲海 이성미

아름다운 사랑의 꽃이 피어나는 것 같습니다.
선생님 고운 글 감사합니다. 추운 겨울 날씨에 건강도 장 챙기십시오.

자스민/서명옥

영원히 시들지 않는 꽃. 사랑의 꽃이어라.
훈훈한 글이 좋아 글 앞에 머물러 있습니다.

산사의 밤

요요한 달빛 호수 위로
사위가 적막 속으로 내려앉는
산사의 밤

안식(安息)을 깨뜨리는
풍경소리
천년고찰을 물들이고

상념의 꼬리를 물고 출렁이는
지난날의 미련.
환몽(幻夢)도
고독으로 젖어 내린다.

허전한 가슴으로
까닭 없이 밀려오는
아련한 그리움은

눈물의 경계를 넘어
산사의 밤을 하얗게 태우는구나.

🍇 윤우:김보성

지나간 세월과 시간에 그리움…. 애절함이 느껴집니다.
남은 시간에 더 소중함을 갖고… 값지게 가지려고 다짐을 각오하여 봅니다.
선생님에 글 속에 산사에서 자기를 성찰하기에는 좋을 듯…. 상상하여 봅니다.

🍀 소당/김태은

와! 산사의 풍경소리에 취하듯 고운 시어에 한참 머물다 갑니다. 건강하시죠.

😊 선화공주

산사의 고즈넉함이 눈에 뵈는 듯 선하네요….
풍경소리 들리는 천년고찰 생각만 해도 힐링입니다.

🐱 도솔천

풍경이 은은하게 울려 퍼지는 산사의 밤에 그리움만 밀려오는구나.
감상 잘 했습니다. 고맙습니다.

🐤 미량 국인석

많은 생각에 산사에서 밤을 지새우셨군요. 장마가 오려나 봅니다.
무더운 날씨 건강에 유의하시구요. 감사합니다! 소산 선생님!

🦋 꿀벌

야단법석이던 속세를 떠나 산사에 머물게 되면 산사의 밤은 고요하다 못해 적막이 흐르면
고요한 풍경소리에 비로소 산사의 참을 느낍니다.
시인님의 멋진 시글. 읽고 갑니다. 감사합니다. 늘 편안하시고 즐거운 시간 보내세요.

😊 雲海 이성미

인적 드문 산사의 밤은 별빛도 잠들어 번뇌로 아픈 상처 흐느끼는 그리움. 산사의 밤이
깊어만 갑니다.

산책길 여인

물안개 피어오르는 강변 산책길
가족의 부축을 받으며 걷는
팔십 대 노파

"아는 사람이네"
웃음에 꼬리를 무는
다정한 그 목소리 변함없건만

치렁치렁한 삼단 같은 검은 머리
백옥 같은 오뚝한 코
꽃 같은 젊음은 어디 가고.

세월의 바람에 실려 온
굽은 허리. 왜소한 체구에
애처로운 주름살만 가득하네.

불철주야 생업에 매달리어
청춘을 불사른 그 세월이
아쉽고도 덧없어라.

건강의 끈을 놓지 않으려는
눈물겨운 고행길
까닭없는 찡한 연민이
새벽공기를 일깨우고 있었다.

❀ 봄사랑으로

가슴이 찡해 오네요. 먼 훗날의 우리의 모습을 보는 거 같아요.
여하튼 고운 시향에 머물러 봅니다. 즐거운 수요일 되셔요.

😊 가을하늘

100세 인생을 위하여 열심히 운동하고 건강히 살아가야겠어요.
좋은 글 감사합니다. 무더운 여름 시원한 오후 되세요!

😊 雲岩/韓秉珍

소산 선생님. 산책길 여인 고운 시심을 잘 감상했습니다.
오늘도 무더위에 건강하시고 행복한 하루 보내시기 바랍니다.

♣ 상상화

삶의 애환이 그려지는 시 잘 보고 갑니다. 늘 건필하세요.

🐰 率香/손숙자

사람은 나이 들고 병들면 그렇게 되지요.
우리 여인네들은 헌신하면서 그게 미덕인 줄 알고 있으니까요. 참 안타깝죠. 행복하세요.

🐟 성을주

산책길은 혼자 다니면 외롭지요.
어디 말동무 있으면 즐거운 산책이 될 수 있습니다, 명시 글 감상합니다.

🐟 꿀벌

나이 들수록 움직이고 산책해야 합니다. 그러지도 못하면 완전히 시들어갑니다.
시인님의 멋진 글 읽고 갑니다. 감사합니다.

🐻 연지

금새 우리들도 80대가 되지요. 하지만 젊음으로 되돌아가고픈 생각은 조금도 없고, 남은
여생 하고픈 일 하고 편히 살고 싶으네요. 시상이 잘 떠오르니 참으로 부러워요.

새해 아침

아쉬움 속으로 사라지는 을미년 꼬리를 물고
대망의 찬란한 병신년 빛이 밝았다.

엄동설한에 인내로 다진
순결한 마음. 깨어있는 눈으로
떨리는 새해의 창을 열어본다.

삼라만상이 새로운 기쁨으로 충만하고
환희의 햇살도 온 누리를 밝힌다.

저마다 마음을 새롭게 가다듬고
새롭게 출발하는 아침
새하얀 서설(瑞雪)에 소망이 뜨겁다.

모두 다 설렘의 꿈을 안고
희망의 닻을 올리자

청순한 기품에
작은 소망도 소중히 하여

더불어 사는 삶에
행복의 꽃을 피우는
국운 융성의 한 해가 되도록
두 손 모아 빌어본다.

✿ **송백**

새해 아침 멋진 시 마음에 와닿습니다. 좋은 작품 시 고맙습니다.

눈보라

문재학 시인님 새해 아침 좋은 시 작품으로… 저희들에게 꿈과 희망을 안겨 주십니다.
문재학님 새해 복된 삶이 되시고 시인님으로서 고운 시 작품 올해도 많이 창작해주시길
바랍니다.

송록골

瑞運이 보이는 아침 덕에 기대가 충만합니다. 감사합니다.

옥화

명시인님의 시 보면 언제나 반갑습니다. 꿈과 희망으로 가득 채워가는 한주 되세요….

靑野/김영복

소산 선생님. 새해 아침이라는 곱게 내리신 깊은 시심에 마음 한 자락 내려놓습니다.
작년 한 해 너무 수고 많으셨습니다.
병신년 새해가 밝았습니다. 올해에는 뜻하시는 모든 일 두루 성취하시기를 바라며, 무엇보
다도 건강하시고 행복이 가득하시길 바랍니다. 새해 복 많이 받으세요.

산월 최길준

새해 아침…. 더불어 사는 삶에 행복의 꽃을 피우는 국운융성의 한 해가 되도록 두 손 모아
빌어본다…. 좋은 글 향에 오래 머물다 갑니다.

雲岩/韓秉珍

새해 아침에 고운 시심을 잘 감상했습니다.
새해에도 건강하시고 행복과 행운이 가득하시길 바라며 새해 복 많이 받으세요.

세상 사는 이치

운명으로 다독이는
이별의 아픔
하루가 천 년 같아라.

만남을 가로막는 아득한 시공(時空)
끝없이 날아오르는
팽팽한 그리움
소식은 언제나 갈증으로 탄다.

이웃사촌이라 하였든가
미소로 나누는 따뜻한 정에
피할 수 없는
관심의 눈과 귀가 열린다.

더불어 사는
감미로운 삶의 향기
양보와 배려. 겸손의 미덕이
때때로 코끝을 찡하게 한다.

이것이
세상 사는 이치(理致)다.

조약돌

함께 어우러져 다독이며 살아가는 게 행복입니다.

산길 들길

세상 사는 이치를 깨닫는다면 보람된 삶이라 하겠습니다.

꿀벌

멀리 있는 형제보다 이웃사촌이 가깝고 합니다.
다 함께 더불어 사는 사화가 되었으면 합니다. 명시 글 읽고 갑니다. 감사합니다.

소당/김태은

얼쑤 좋구나! 좋아요! 대문으로!

가을하늘

세상 사는 이치에 따르렵니다. 고운 시어 감사합니다.

잎새 신미옥

세상 사는 이치를 깨치며 하루를 또 살아갑니다. 감사합니다.

송록골

"운명으로 다독이는
이별의 아픔
하루가 천 년 같아라."
요즘 집안에 우환이 있어 마음이 너무 편치 않고 괴롭습니다.
시의 앞 소절이 가슴을 내리치는군요.

잘 익은 감자

더불어 사는 좋은 사람들은 우리가 살아가며 마주하는 이웃사촌이니 소중하기 이를 데
없군요. 훈훈한 마음 담아 주신 글 감사해요.

소쩍새 울음소리

한여름 밤
적막(寂寞)을 깨뜨리는
애절(哀切)한 소쩍새 울음소리
열대야를 녹이며
밤을 지새운다.

소쩍 소쩍
얼룩진 삶에 얽힌
구슬픈 전설
맑은 영혼의 소리는
광대무변(廣大無邊)의 허공
끝없는
은하로 흐르고

소쩍 소쩍 소쩍새 울면
그 옛날
허기를 달래던 시절
가슴 시린 그리움들이
고향 산천 풍경 속에
떠오른다. 아련히

💬 수진 김선균

맑은 영혼의 울림이 시인의 마음에 투영됩니다. '소쩍새 울음소리' 잘 감상했습니다. 가을을 기다리며 막바지 더위 잘 견디시기 바랍니다. 감사합니다.

💬 靑野/김영복

소산 선생님.

한여름 밤 소쩍새 울음소리를 들으면 생각나는 것이 적막을 깨트리며 가슴 시린 그리움들이 아련히 떠오르지요. 맑은 영혼이 아름답게 흐르는 곱게 내리신 깊은 시심에 마음 한 자락 내려놓습니다. 너무 찜통 같은 무더운 날씨에 늘 건강 유의하시고, 기쁨과 행복이 충만한 좋은 주말 되시기 바랍니다.

🍀 백초

고향의 소쩍새 울음소리가 들리는 듯한 고운 시어….

💬 가을하늘

소쩍새 울음소리에 생각나는 임이여! 좋은 글 즐겁게 감상합니다.
오늘도 즐거운 주말 되세요.

😊 눈보라

소쩍새 울음소리에 옛 추억이 고스란히 풍겨옵니다.
문재학 시인님의 고품 있는 시 작품에 찬사를 보냅니다.

🐷 이성실

친근하게 다가오는 소쩍새에 대한 시 즐겁게 감상하며 감사합니다.

🌸 문천/박태수

소쩍새 울면 가슴 시린 고향 산천. 허기진 유년이 떠오르는 것은 뭔 까닭일까요….

🍎 황돈상

소쩍새 울음소리 잘 보고 감사합니다. 건강하세요.

🍁 도산면

어린 시절 시골 동네 친구 집에 놀다가 저녁 캄캄해서 집으로 오는 오솔길 길으면 무시운
생각도 나는데 뒷산 중턱에서 소쩍새가 우는소리 들으며 무서움을 달래며 집에 도착하고
나서 한숨 쉬곤 했다 좋은 글 잘 봤습니다. 감사합니다.

속세의 강

달콤한 속삭임의 향기도
비정(非情)한 인정의 격랑(激浪)도
도도(滔滔)한 시간을 타고 흐르는 세상.

물 같은 세월에 몸을 맡기고
당신의 색(色)으로
물들어 가는 삶

닿지 않는 인연의 끈에 얽히어
건너지 못하는 사랑의 배는
밀려오는 세파(世波)에 물거품이 되고
쓰디쓴 눈물은
상처받은 마음에 한가득 고였다.

사무치는 미련은
그리움으로 나부끼고
아름답고 행복했던 그 시절은
차가운 속세의 강으로
흘러 흘러서 꿈인 양 아득하여라

☺ 雲海 이성미

속세의 험난했던 강을 잘 건너서 아름다운 그곳으로 잠들어 가고 싶습니다.

🐟 옥화

세상과 속세 속에서 지금도 사무치는 미련은 그리움으로 흘러가는 듯 그 지난날이 그리워집니다. 너무 좋은 시글이라 곰곰이 읽어봅니다. 감사합니다.

🍁 예랑

속세의 강을 감상해봅니다. 지난날의 추억과 그리움이 떠오릅니다.
좋은 글 감사합니다.

🐟 꿀벌

아름답고 행복했던 추억들은 흐르는 세월 속에 아련해지고 안 좋았던 앙금들은 세월 속에 지워지지도 않습니다. 좋은 시글에 다녀갑니다. 감사합니다.
가을이 오는 길목에 건강 유의하시고 편안한 시간 되세요.

🌸 문천/박태수

그리움으로 나부끼는 사무치는 미련…. 속세의 강, 아름다운 글 향에 쉬어갑니다.

☺ 石水

행복했던 그 시절이 나이 들면서도 쭉 이어가면 참 좋을 텐데…. 언제나 건강하세요.

▣ 구미산

감동적이네요. 아름다운 글 잘 보고 갑니다.

수도교 水道橋

세고비아 시내를 가로지르는
길이 팔백여 미터, 높이 이십구 미터
거대하고도 정교한
아치형 석조조형물

수천 년 세월의 풍우(風雨)에
침묵으로 지켜온 문화유산
그 위용이 숨 막히게 다가왔다.

얼마나 많은 사람이
탄성의 시선에 홀렸을까.
얼마나 많은 사람이
물 이용으로 행복했을까.

짙어가는 저녁노을 따라
상념의 꼬리에
상상의 날개를 달아 보았다.

이천 년 전 생존의 지혜
찬란한 역사의 향기가
빤짝이는 크리스마스 조형물 위로
흘러넘치고 있었다.

🐝 꿀벌

보기 힘든 수도교의 역사에 대하여 명시 글로 표현해주셔서 잘 알고 갑니다. 감사합니다.
만물이 소생하는 봄날 날마다 행복하세요.

🐝 강나루

수천 년의 역사를 가졌음에도 위용이 대단해 그 나라의 건축 솜씨를 알아줘야 할 것 같아
요. 수도교를 저가 직접 보는 느낌이 듭니다.

🍁 鄕耕 윤기숙

대단한 다리네요! 멋진 사진과 고운 글 다녀갑니다.
행복한 주말 되세요.

🌸 문천/박태수

세고비아의 고색창연한 수도교…. 아름다운 영상과 글 향에 쉬어갑니다.

홍두라

역사의 향기가 묻어있는 수도교 탄성이 나옵니다.

산월 최길준

수도교…. 이천 년 전 생존의 지혜. 찬란한 역사의 향기가 빤짝이는 크리스마스 조형물 위
로흘러넘치고 있었다.
멋진 여행기 즐겁게 감상하고 갑니다.

눈보라

문재학 시인님. 세고비아 수도교가 있군요. 참으로 웅장합니다.
그리고 문재학님의 시가 더 웅장한 것 같아요.

비발디 사계

소산님 무탈하시고 강녕하신지요? 하얀 크리스마스트리가 너무 예뻐요.
주신 귀한 글도 가슴에 안고 갑니다.사랑과 행복함 가득한 주말 되시고 늘 강녕하세요. 늘
고맙습니다. 소산님!

유수(流水) 같은 세월 속에
애틋하게 떠오르는
아련한 임이여

한마디 속삭임마다
뛰던
설렘의 고동(鼓動)
그건 짜릿한 전율이었다.

언제나
기다림의 쇼윈도에
수줍은 미소로 나타나던
분홍빛 사랑이여

이제는
그림자조차 찾을 수 없는
임의 하얀 미소는

맺지 못할 운명의 강에
뜨거운 그리움의 파도로 남았다.

🎀 **옥화**

맺지 못할 운명의 강에 뜨거운 그리움의 파도로 남았다.
좋은 말, 시글 담아봅니다.

👤 **所向 정윤희**

애절한 시어가 눈에 확 들어옵니다.
고운 임을 생각하시는군요…. 선생님 애잔한 마음 한 자락 남깁니다.
다가오는 2016년도 멋진 시향 기대해봅니다.

🍀 **소당/김태은**

분홍빛 사랑이 아물아물…. 추억 속에서 맴돌고 그리움으로… 설렙니다.

🌹 **연꽃 선영**

한마디 속삭임마다 뛰던 설렘…. 나이 들어가며 푸르던 날의 그 설레었던 기억들이 새삼
스럽습니다. 향기 나는 글 향에 머물다 갑니다. 남은 시간도 행복하시고요!

🍁 **광교산**

임을 향한 애달픈 글 잘 보고 갑니다.

💎 **피아니스트/영창**

그 피 끓던 청춘 때가 그립습니다.
은밀한 사랑의 속삭임…. 그 느낌은 아직도 어제 일 같기만 합니다.

👤 **가을하늘**

아련한 추억 속으로 사라진 그대여…. 오늘도 그대를 그리는 애틋함에 임을 불러봅니다.
고운 시향에 머뭅니다.

🎀 **홍두라**

명 시인님의 글을 읽습니다. 감사합니다.

야속한 임이여

연분홍 속삭임
순정의 불길을 차갑게 끄는
이별이란 운명의 회오리를
홀로 가슴에 품고
비탄의 언덕을 헤매 돈지 그 얼마이든가

사랑의 끈을 엮어
아무리 던져보아도
닿지 않는 애달픈 사랑
꿈속인 양 아득하네.

야위어 가는 세월 속에
애간장을 태우는 야속한 임이여
마음속 미련의 안개를
그 언제나 걷어 주려나.

외롭고 쓸쓸한 밤에는
사랑의 빛을 주시고
그리움으로 타는 가슴에는
행복의 빛을 뿌려주소서.

💬 **혜슬기**

맘이 그렇지 못한데 남의 마음 야속해 한들 뭐하겠습니까!
질적으로 모자란 것을 양적으로 충당하려는 노력이 필요합니다.
좋은 시 감상하게 되어 너무 고맙습니다. 잘 읽어요!

🐝 **꿀벌**

임이 있으면 외롭고 쓸쓸할 때 위로해주고 마음을 어루만져 줄 것입니다.
좋은 시글 읽고 갑니다. 감사합니다. 12월에도 행복하세요. 방긋!

🐤 **방마리**

소산 문재학님! 야속한 임이여.
시 읽을수록 애간장 녹여요! 시 감사합니다.

🍀 **소당/김태은**

애달픈 사랑 시 아름다워요. 건강하시죠?
서정문학 모임에 멀리서 오셨다고 이효녕 시인님께 들었어요.

👦 **눈보라**

문재학 시인
"외롭고 쓸쓸한 밤에는 사랑의 빛을 주시고
그리움으로 타는 가슴에는 행복의 빛을 뿌려주소서."
참으로 고귀하고 아름다운 시입니다. 찬사를 보냅니다.

🍁 **잎새 신미옥**

야속한 임이네요. 사랑의 빛과 행복의 빛이 원 없이 쏟아지시는 날 되세요.

🖼 **리필**

참으로 아름다운 멋진 음율. 소산 문재학 선생님의 야속한 님이여. 참으로 좋으신 노래
올려주심에 깊이 감사드리옵니다.

어머니 사랑

어머니!
떠올리기만 해도
포근한 품속
눈에 선한
그리운 고향에 어리어 있고

가이없는 사랑
오직 자식 위한 지극정성은
한없이 행복한 사랑의 향기였다.

돌아보면 모두 다
절절히 가슴으로 젖어드는
한결같은 사랑의 바다.

이제는
백수를 바라보는 황혼길
가녀린 그 모습이
애처롭기만 하여라.

눈가에 이슬로 맺히는
영원히 변치 않는 사랑
그건 삶의 밝은 등불이었다.

👧 　정읍↑신사

어르신이 되셨어도 어머니에 대한 그리움이 구구절절하십니다.
저도 어머니 말만 나오면 가슴이 저미어 옵니다. 건강하십시오.

🍇 　崔喇叭

그렇습니다. 어머니 사랑이란 변할 수 없는 영원한 사랑입니다. 그런데 요즘 세상에는 자
식을 버리는 엄마도 있고 학대로 멍들게 하는 엄마도 간혹 있음을 보도를 통해 볼 때 그 엄
마는 왜? 하는 의문도 듭니다. 좋은 글 감사합니다.

🐟 　雲泉/수영

어머니란 말 떠오르기만 해도 눈시울이 뜨거워집니다.
항상 좋은 시 너무 감사합니다.

🍇 　챔프

어머니! 살아생전 잘 모셔야 하는데 그것이 뜻대로 이루지 못해 늘 죄스럽지요.
소산님. 가슴 짠한 글에 흠뻑 젖습니다.
눈물 나려 합니다. 훌륭하신 글월에 감사드립니다.

👦 　所向 정윤희

제 나이 20살에 먼저 하늘로 가신 어머님 모습을 그리고 싶어도 이제는 가물합니다.
제겐 삶의 희망이자 등불 같은 존재였는데 선생님 글에서 한 번 더 어머님을 그려 봅니다.
그간 잘 지내셨는지 올해 여름은 무척 더웠습니다.

🐤 　미미멘트

세상에서 가장 소중한 어머니 사랑이죠.
사랑이 담긴 애틋한 마음의 글. 감사히 담아봅니다. 시인님 편안한 한주 되세요!

👦 　눈보라

문재학 시인님. "눈가에 이슬로 맺히는 영원히 변치 않는 사랑".
이것이 바로 위대하고 숭고한 어머니 사랑이에요. 고운 시에 포근히 머물다 갑니다.

에펠탑

파리 심장부의 상징물
영원한 검은 보석이어라

일만 톤을 자랑하는
장엄한 위용의 자태
삼백 미터를 굽어본다.

시내를 휘감이 돌며
번영의 빛을 뿌리는
세느 강을 거느리고

인간 세상의 온갖 소음을
침묵으로 지켜온 세월이
그 얼마이든가

파리의 밤하늘
어둠을 사르는
휘황찬란한 황금 불빛

숨 막히는 풍광은
만인의 가슴을
흥분의 도가니로 물들이는
살아있는 이정표였다.

❀ 양규 김지열

에펠탑 보시고 쓰신 고운 시 잘 감상하고 갑니다.

☺ 雲海 이성미

127주년을 맞을 에펠탑.
에펠탑을 짓기 위해 우여곡절도 많았다고 들었습니다. 현재 프랑스의 명물이기도 하지요.
멋진 사진 고운 글 감사합니다. 선생님.

☺ 胥浩이재선

파리의 명소인 에펠탑을 아름답게 쓰신 글을 읽고 까마득한 옛날 친구들과 함께 갔던
추억을 떠올리면서 아름다운 글 잘 보고 갑니다. 감사합니다.

☺ 눈보라

"숨 막히는 풍광은/ 만인의 가슴을 흥분의 도가니로/ 물들이는 살아있는 이정표였다."
문재학 시인님의 절묘한 표현력에 감탄을 합니다.

❀ 꿀벌

파리의 상징 에펠탑 감상하며 멋진 시 읽고 갑니다. 감사합니다.
편안한 시간 되세요

✿ 헵시바기주

선생님 글 속에 들어가면 모든 것들이 휘황찬란해지네요. 샬롬!

✿ 문천/박태수

에펠탑 앞에서 찍은 사진이 멋져 보입니다. 사진과 함께 올려주신 글 향에 쉬어갑니다.

✿ 산월 최길준

에펠탑…. 파리의 밤하늘 어둠을 사르는 휘황찬란한 황금 불빛…. 좋은 글 향에 쉬었다
갑니다.

✿ 자목련

파리에 다녀오셨군요…. 마치 에펠탑을 보고 느끼고 있는 것 같네요…. 감사합니다.

여름밤의 꿈

1. 정겨운 초가지붕에 송이송이 피어나는
하얀 박꽃이 눈부시던 여름밤 속으로
전설처럼 떠오르는 순이 모습
마음이 저리도록 살아나는
순정의 풋사랑이
붉게 붉게 영글어 가던 그 시절
그리움으로 방울방울 맺히네.
언제나 달려가고 싶어라.
아! 그 옛날 여름밤 꿈이여

2. 메케한 모깃불 향기로 쏟아지는 별빛들
고향 풍경이 녹아 있는 여름밤 속으로
댕기 머리 출렁이던 그 아가씨
끝없이 속삭이며 거닐었던
사랑의 꽃길들이
지금도 가슴 적시어 오는 그 시절
젊은 날의 분홍빛 밀어들이
행복의 파도로 밀려오네.
아! 그 옛날 여름밤 꿈이여

❀ 　산월 최길준

여름밤의 꿈…. 지금도 가슴 적셔오는 그 시절.
젊은 날의 분홍빛 밀어들이 행복의 파도로 밀려오네.
아! 그 옛날 여름밤 꿈이여…. 추억은 아름다운 것 멋진 글 향에 쉬었다 갑니다.

❀ 　꽃반지

정겨운 여름밤의 풍경이 아련히 떠오르는 글 즐겁게 감사히 읽고 갑니다.
선선하니 좋은 날입니다. 늘 평안하시길 바랍니다.

❀ 　안개꽃12

아! 그 옛날 여름밤의 꿈이여…. 진정 그립습니다. 자작시 즐겁게 감상합니다.
언제나 건강하시고 행복하세요.

❀ 　문천/박태수

고향 풍경이 녹아 있는 여름밤의 꿈…. 아름다운 글 향에 쉬어갑니다.

❀ 　翠松 박규해

제가 살았던 시골 여름밤의 풍경이 그려지는 마음이 동하네요.

❀ 　성을주

더위의 절정에서 다시, 한 계절을 뛰어넘은 듯합니다.
여름밤에 마당에서 하늘의 별을 보고 놀았던 생각이 납니다. 열심히 시 보고 갑니다.

❀ 　雲海 이성미

고향의 정겨움이 잔뜩 묻어나는 글 속에 제 고향 초가지붕이 그립습니다. 선생님.

열락 悅樂의 삶

삶의 향기.
웃음

그것은 행복의 씨앗
세파에 시달리는 번뇌
짓누르는 삶의 무게를
깃털처럼 가볍게 하는 마법이다.

입가를 물들이는
미소의 향기는
순수한 정으로 빛나는
화합의 가교

마음의 기저에서 솟구치는
파안대소는
근심 걱정의 고통도 녹여 내린다.

구석구석 살아있는
작은 행복의 보석들을
긍정적인 마음으로 찾아내어
열락(悅樂)의 꽃을 피우자.

사랑의 휘파람은 높아지고
삶은 더욱 윤택해지리라.

삶이란 웃음, 번뇌, 이 모든 것이 아름다운 삶의 행복이라고 생각합니다.
시인님의 멋진 글에 두서없는 글 몇 자 올리고 갑니다. 감사합니다.
유월의 마지막 주말 뜻깊고 행복한 주말 되세요.

마음의 기저에서 솟구치는 열락의 삶… 아름다운 문향에 쉬어갑니다.

🌹 **꽃방울**

모든 것을 고맙게 기억하면 무엇보다도 자기 마음에 평화가 옵니다.
명시글 감상합니다.

🍀 **백초**

긍정적인 삶으로 살아갑시다. 와… 멋진 시어….

👦 **수장**

열락의 삶 더 좋은 기쁨이지 않을까요. 시인님

🌸 **진달래**

인생의 삶을 잘 표현해주셨습니다. 깊은 밤입니다. 편한 밤 되세요.

🐻 **연지**

웃음은 보약…. 웃으며 살아요!

🍇 **산나리**

웃음은 근력 운동이 되어 장까지도 튼튼해지죠.

🍀 **매일 기쁨**

열락의 삶의 시 감사히 읽고 갑니다.

🍁 **아사모 손회장**

삶은 돈에 의해 좌우되어서는 안 되는데 경제가 어려운 시대라서 많은 분들이 웃음을 잃
어버린 듯. 각박해지고 있는 것 같죠? 잘 지내시죠. 즐거운 주말 되시기 바랍니다.

옛 여인 2

애틋한 눈빛으로 불태우던
흑진주 같은 댕기머리 그 여인
그 옛날 그 사랑이 그리워라

연모의 온기로 찾아들어도
차가운 운명의 바람에
베갯잇을 얼마나 적시었던가?

사랑의 등불을 밝힐수록
만남은 멀어지고
분홍빛 그리움만 쌓였다.

마음속에 떠가는 임이여
세월 속에 흘러가는 임이여
다정한 그 눈동자는
녹슬지 않는 추억의 향기였네.

까만 밤을 하얗게 불사르던
먼 옛날의 그 행복
외로움을 홀로 앓아야 하는
사무치는 그리움으로 남았다.

🍇 산월 최길준

옛 여인 2⋯. 까만 밤을 하얗게 불사르던 먼 옛날의 그 행복. 외로움을 홀로 앓아야 하는
사무치는 그리움으로 남았다. 좋은 글 향에 머물다 갑니다.

👧 수진 桃園 김선균

외로움을 혼자 앓는다는 시인의 고통은 고스란히 그리움으로 남아야 했습니다.
잘 감상했습니다. 감사합니다. 소산 시인님, 건안과 건필을 기원합니다.

❀ 꽃반지

무척이나 그리운 임이신가 봅니다.
옛 여인은 영원히 추억으로 곱게 간직하시고 이 밤도 행복하시길 바랍니다.

🌹 翠松 박규해

옛 추억으로 그 여인은 언제나 변함없는 모습이 그려지나 봐요.

🐟 옥화

잊을만 하면 옛 애인이 생각이 나는 것 무슨 이유일까요? 아마도 잊지 못할 추억이 아닌
가요. 외로울 때 더욱더 옛 생각이 나곤 하지요.

🌼 예랑

옛 여인의 사랑을 못 잊어 글로 나타난 추억의 향기 글솜씨 명시입니다. 잘 보았습니다.

🎀 성을주

옛날의 여인은 댕기머리가 유행인 것 같은데 지금은 댕기머리 잘 볼 수가 없네요.
좋은 시 읽고 더위를 식힙니다.

🍀 소당/김태은

잊을 수 없는 그리움 이 있기에 이런 고운 시가 떠오르지 않겠어요? 사랑은 아무나 하나.

오월의 단상

오월의 훈풍(薰風)에
연초록 물감이 뚝뚝 떨어지면
찔레꽃 향긋한 향기가
가슴 아린 추억을 불러 모은다.

그 옛날
보릿고개의 고달픈
초근목피(草根木皮)의 서러움이
아련히 피어오르고

생각할수록 그리운
그때 그 사람들
허공에 맴돌다 눈가에 이슬로 맺힌다.

까마득히 살아나는 유년 시절이
꿈같은 시간의 저편에서
그리움의 날개를 펄럭이고

애간장을 녹이는

뻐꾹새 울음소리도
핏빛으로 흐른다.

🌹 翠松 박규해
보릿고개 시절이 어려웠지만 그래도 그 당시 정이 남아 있었지요.

🍀 문천/박태수
허공에 맴도는 보릿고개의 그때 그 사람들…. 아름다운 글 향에 쉬어갑니다.

🐷 넌시
찔래꽃 향기가 그리 진하지 않지요? 고운 시 감사합니다.

😊 이화백
맞아요.
그리움이 피어나는 고향의 향기입니다. 잘 읽고 갑니다. 모셔갑니다.

🌱 미량 국인석
뻐꾸기 울음소리는 그때나 지금이나 왜 이리도 구슬픈지….
아련한 추억에 젖는 시향에 저도 동행합니다. 건승 건필하세요! 소산 선생님!

💐 산나리
오월이 벌써 다 가고 있네요. 녹음은 짙어지고 뻐꾸기는 여전히 울어대고….

🍀 푸른 별
향기 나는 고운 글 감사합니다. 아름다운 시간 되세요….

🌼 맑은 시내
유익하고 좋은 글 함께할 수 있어서 행복합니다. 감사를 전하며….

요양병원에서

그렇게도
생에 대한 애착으로
삶을 불태웠는데.

바람처럼 흘러간 세월에
이제 남은 것은
호호백발에 애처로운 체구뿐.

시간과 계절의 감각을 잃고
오직
밤과 낮의 구별만 살아있었다.

미련도 없이
말라버린 눈물
이미 오래이어도

생기 잃은 애원의 눈길에
소리 없이 휘감기는
체념의 시간이 안타까웠다.

그래도
이별의 아쉬움에는
애틋한 정이 감도는
기력은 남아 있었다.

🐤 **미량 국인석**

안타까운 시향에 마음 내려봅니다.
가을의 길목에서 물들어지는 낙엽은 우리네 인생을 엿보는 것 같습니다.
감사합니다! 소산 선생님!

🐻 **상현**

구구절절이 가슴 아픈 글이네요. 요양병원은 맨 마지막에 가는 것이지요.
그곳에서 죽으면 되니까 자식들이 있어야 무슨 소용이 있나요. 한편 눈물이 나네요.
감사합니다.

💬 **이옥희**

내 가슴에 너무 닿아 나도 모르게 눈물이 나네요. 인생에 황혼길 서글프기만 하네요.

🐻 **산길 들길**

낮과 밤의 구별만 남아 있는 삶이 눈물 납니다.

💬 **白雲/손경훈**

요양병원의 모습이 그려집니다.
힘없고 소망이 없는 인생 끝의 모습들이지요. 고운 하루 되십시오.

🍀 **백초**

요양병원에 문병 가보니 너무 애처로운 마음에 가슴이 답답했어요. 어쩔 수 없이 가야만
하는 운명이기에….

🍀 **소당/김태은**

누가 요양병원에 계셔요? 자식이 있어도 부모님 간병 못하니 요양병원에서 생을 마감하
는 현실 가슴이 아파요. 결국 그곳에서 생을 마감하더라구요. 별고 없으시지요?

🍎 **최나팔**

요양병원이 좋기는 하지만 외로움과 소외감을 주는 병원이기도 합니다. 좋은 시 잘 보았습
니다. 감사합니다.

👧 **수진 김선균**

참으로 애처롭습니다. 다들 한 곳을 향해 가는 슬픔입니다. 잘 감상했습니다. 감사합니다.

욕 심

솟구치는 욕망의 씨앗에
감정의 불이 붙으면

영혼을 미혹(迷惑)시키면서
전천후(全天候)로 끝없이 타오르는
욕심이라는 속성의 불꽃

형체도 없는 것이
가슴속에 자리 잡아
활활 타오른다.

황금 같은 인생살이에
지나치면
한없는 나락(奈落)으로 떨어지고

이성(理性)으로 다스리면
창조의 턱을 넘어
희망의 문이 열리리라.

분수(分數)의 철학을 지키면서
번뇌(煩惱)의 수렁에서 벗어나
밝은 소망의 꽃을 피우자.

🍁　도산면

욕심만 버리면 만사형통하리라 좋은 글 올려주시어 감사드립니다.

👩　예진아씨

버리면 행복해지는 게 욕심인 것 같아요.

🐦　미량 국인석

분수를 지키며 산다면 만사가 형통할 진데 욕심을 부리다 돌뿌리에 걸려 낭패를 보기가
싫상이지요.
좋은 글 즐겁게 감상해봅니다. 감사합니다! 소산 선생님!

🍇　윤우:김보성

자기관리가 어렵기에 스스로 무너지고 넘어지는 것이 아닌가 싶습니다.
선생님의 글처럼…. 밝은 소망에 꽃을 피우기 위해 지킬 것은 지켜보려고 다시금 다짐을
하여 봅니다. 행복하신 5월이 되세요.

🐟　雲泉/수영

사람은 누구나 욕심을 가지고 있습니다. 헛욕심, 과욕심은 안됩니다.
적당한 욕심은 누구나 다 가지고 있어야 합니다.

🐟　꿀벌

욕심이나 나눔이 형체도 없는데 왜 그리 매달려 살아야 하는지 느낄 때도 있습니다. 좋은
시글 읽고 갑니다. 감사합니다.

😊　蒼松

감격스러운 시 감사합니다.

😊　가을하늘

욕심 버리고 하얀 마음으로 살아가겠습니다. 좋은 글 감사합니다. 즐거운 오후 되세요!

이별의 아픔

왜 이리 험한가요. 사랑의 길이
따를 수 없는 운명 앞에 이별만 도사리고

잊어야 하는 마음의 슬픈 역에
태우고 싶은 추억이 빛을 뿌린다.

사랑의 꽃을 피우던 지난날들은
행복으로 흔들리는 환영이었나.

눈물로 마음의 상처를 씻으려 해도
이별의 서러움은 멈출 수가 없네.

임의 향기로 피어오르는 고요한 밤에
지난날 그 시절을 생각하면서

목 매이게 불러 보아도
쌓이는 것은 애타는 그리움뿐이네.

이제는 어디서 찾아야 하나.
가슴 깊이 아려오는 임의 모습을

건너지 못하는 인연의 강은
회한과 탄식으로 물들어 가는데.

🍇　송록골

시공을 넘나드는 회한을 느낍니다. 고맙습니다.

🎈　수장

살면서 수많은 이별을 합니다.
부모와의 이별, 친구와의 이별, 동반자와의 이별까지 우린 아픔으로 눈물로 돌아서게 되지요.

🐱　신동조

더운 날씨이지만 고운 시를 볼 수 있어 한때 마음이 시원해지는 것 같습니다.
즐거운 주말 되십시오.

▣　이경자

너무나 가슴 저려오는 글입니다.

👧　눈보라

이별의 아픔을 아주 잘 표현해주셨어요.
문재학 시인님의 시는 참 가슴으로 스며듭니다. 고운 시에 찬사를 보냅니다.

♣　나무꾼

이별의 슬픔을 나타내는 가슴 아픈 슬픈 사랑 이야기.
좋은 글에 공감하며 다녀갑니다.

🐟　옥화

누구나 이별의 순간은 아픕니다. 작가의 아픔의 슬픔을 표현한 말들이 마음에 듭니다.

🐝　꿀벌

누구든지 이별의 아픔을 겪게 됩니다. 시인님의 멋진 시글 읽고 갑니다. 감사합니다.
신록의 계절 유월에도 행운이 가득하시길 기원합니다.

🎈　이소흔

애절한 사연에 마음이 먹먹하네요. 감사합니다.

이별의 한 恨

다시 못 올 옛정을 남기고
행복 너머로 떠나간 임이여
사랑도 가고 꿈이 바래어도
감미로운 임의 체취는
진정 잊을 수 없어라

어두운 밤하늘에
향기로 흔들리는 임의 무습
덧없고 허망한 신기루인가.
애타는 마음 가눌 길 없어라.

그동안 얼마나 변했을까.
쓰라린 이별의 늪에
알 수 없는 사랑의 무게만
차갑게 어깨를 짓누르네.

되돌아보면 볼수록
뜨거운 가슴
그리운 옛사랑이
애틋한 미련으로 타오른다.

수많은 세월이 지났어도 떠나간 임은 더 그립기만 하답니다.
한 번만 볼 수만 있다면 그 간절함 수없이 되뇌이기만 하지요.

翠松 박규해

애틋한 사랑이 아직도 미련으로 남아 잠재하고 있나 봐요.
고운 시 잘 감상하고 갑니다.

미미멘트

이별은 마음이 많이 아프답니다.
그리움 속에 세월을 보내는 마음의 글 보며감명 깊게 보고 갑니다.

所向 정윤희

그리움 애잔한 시를 뵙습니다. 선생님 이제 무더위가 시작입니다.
평안하시길 기원합니다.

☻ 雲岩/韓秉珍

소산 선생님 상쾌한 금요일 아침에 가슴 뭉클한 시심을 잘 감상했습니다.
오늘도 더위에 건강 조심하시고 행복한 하루 보내시기 바랍니다.

✿ 협원

아름다움은 가슴을 설레게 하고 고운 말솜씨엔 정신을 맑게 하고 애잔한 걸음걸이에
정을 싣습니다.

✿ 문천/박태수

정을 남기고 떠나간 감미로운 임의 체취… 아름다운 글 향에 쉬어갑니다.

🐝 꿀벌

이별 후에는 가슴이 많이 아프겠지만 세월이 약일 것입니다.
시인님의 명시 글 읽고 갑니다. 감사합니다. 주말 행복하게 보내세요.

인생살이 2

인생은 흘러간다. 예외 없이
세월을 거느리고
꿈을 싣고 희망을 싣고
바람 따라 구름 따라

꽃 같은 청춘을 불사르며
헤맸던 지난날이
나를 홀린 꿈이었나

괴로움과 슬픔은
행복을 위한 시련이었나

인연의 굴레에서
운명을 다독이던 삶들이
잊을 수 없는 시간 사이로
퍼렇게 멍든 아쉬움으로 남았다.

황혼 길에 되돌아본 인생살이
이룬 것이 무엇인가.
덧없는 세월 속에
모두 다 회한(悔恨)으로 깜빡이는데.

뒤돌아보니 어느새 이렇게 나이를 먹었는지 눈 깜짝할 사이, 세월은 야속하리 만큼 흘렀
네요. 고운 글 감사합니다.

황혼의 길에 되돌아본 인생살이…. 아름다운 문향에 쉬어갑니다.

회한의 인생살이 공감으로 마음 한 자락 내려두고 갑니다.
건안하신 가운데 향필하세요.

인생에 대해 돌아보게 되는 시, 잘 감상했습니다. 고맙습니다.

문재학 시인님. 인생살이 대해서 소상히 잘 표출하셨습니다.
고단한 인생길이지만 우리는 하나의 행복을 위하며 매진하고 싶습니다.
고운 시에 제 마음을 합해봅니다.

雲岩/韓秉珍

소산 선생님 삼월 둘째 날 오전에 인생살이 고운 시심을 잘 감상했습니다.
삼월에도 건강하시고 행복과 행운이 가득하시길 기원합니다.

더불어

인생살이의 깊은 시심에 마음 내려놓고 갑니다. 선생님 귀한 하루 되세요. 수고하셨습니다.

썬파워 국인석

누구를 붙잡고 물어도 아쉬움 없는 인생은 없으리라 봅니다. 이제 따뜻한 봄과 함께 여유
로운 햇살을 느껴보시지요. 좋은 글 감사합니다. 소산 문재학 시인님!

인생살이 3

휘날리는 젊음의 깃발 아래
분홍빛 꿈을 꾸던 시절이
어저께 같은데

아장거리던 세월
어느새 급류로 흘러
마음도 혼란스런
이제는 황혼 길이다.

부딪쳐 부서지던
격랑(激浪)의 지난날
조각조각
희미한 추억뿐

생각할수록
자국마다 얼룩진
덧없는 인생살이

바람 소리 같은 세월에

짙어가는 황혼

하루하루가 새롭기만 하여라.

예화

다들 인생살이 그렇고 그런 게 아니겠어요.
살다 보니 마른자리 진자리 다 보고 살아요. 좋은 시에 다녀갑니다.

자산

소산 문재학 선생님….
생각할수록 자국마다 얼룩진 덧없는 인생살이.위에 시문과 같이 세월 보냄을 뒤돌아보니
아쉬움이 많습니다.
감사히 잘 보았습니다. 삼복 더위에 더욱 건강하시기를 기원합니다.

김부장

우리네 인생살이를 너무도 잘 표현하셨네요. 좋은 글 마음에 담아봅니다.

미량 국인석

덧없이 살아온 인생살이 뒤돌아보니 많이도 흘러왔지요.
남은 여생 오늘이 제일 젊은 날이라 합니다. 늘 강건하시고 건필하세요. 소산 선생님!

문천/박태수

자국마다 얼룩진 덧없는 인생살이… 아름다운 글 향에 쉬어갑니다.

♣ 나무꾼

"바람 소리 같은 세월에 짙어가는 황혼" 가슴 한 귀퉁이가 싸해지네요.

🍇 산나리

남은 생을 더 값지게 살아야 할 것 같습니다.

🍀 소당/김태은

황혼이란 말 들으면 서글퍼져요. 청춘 좋잖아요. 백세시대이니까….

👦 눈보라

문재학 시인님!
인생살이… 적절하게 잘 표출한 시작입니다.고운 시어에 찬사를 띄웁니다.

인생 항로

나침판 없는
망망대해(茫茫大海)
거치련 세파에 노를 저으면서
인연의 언덕에 닿아
소중한 반려자도 만났다.

화창한 날씨에 순항일 때는
희희낙락 여유를 가져도
사나운 폭풍우 속에서는
혼신의 힘을 다해
용케도 넘어온 인생 항로.

오늘도 떠난다.
마음의 배(船)는
사랑으로 쌓아가는 행복을 싣고
흐르는 세월을 아쉬워하며
내 인생. 내 삶을 띄우고 간다.

꿈을 안고
희망을 싣고
밝은 내일을 향해

🐻 　강나루

앞으로 어떤 삶을 어떻게 살아야 할까?
다짐하게 되는 인생의 항로에 나침반이 돼주는 좋은 시를 읽습니다.

🐝 　꿀벌

어쩌면 우리네 인생도 흐르는 세월 속에 나침반 없는 인생 항로에 어디로 갈 것인가?
방황하고 있는지도 모릅니다. 명시 글 읽고 갑니다. 감사합니다.
깊어만 가는 가을 10월에도 좋은 일만 가득하세요.

🐤 　김상중

삶의 실버. 인생길 잘도 표현하셨군요. 감사드립니다.

🍀 　대혜

우리네 인생 항로는 나침판이 없는 험난한 세상길이지요.
그래도 일찍 침몰하지 않고 오대양을 다 누비고 있는 나는 이 험난한 항해가 기쁘고 즐겁
습니다. 고맙습니다.

🍀 　푸른 별

우리의 삶, 향기 짙은 너무 고운 글 감사합니다, 즐거운 저녁 되세요.

🐻 　산길 들길

우리는 알 수 없는 인생 항로를 따라 웃음도 없는 배를 타고 떠나가나 봅니다.

👦 　김현모

황혼의 인생 항로는 평탄하기를 바라봅니다. 감사합니다.

🌸 　문천/박태수

험난한 세파를 헤쳐 온 인생항로… 아름다운 글 향에 쉬어갑니다.

인 연 2

얽히고 얽힌 세상살이에
인연이란
소중하고도 소중하도다.

필연이
가연(佳緣)이면
희희낙락 환희를 구가하지만

악연(惡緣)이면
떨쳐버리지 못하는 멍울
운명을 원망하는
쓰라린 가슴앓이가 된다.

더불어 사는 삶에
인연과 연분의 강을 건너면서
우연도 보석같이 소중히 여겨

정과정이 흐르는
화목(和睦)의 창을 열고
아름다운 인연의 꽃을 수놓으리라

우연도 보석같이 소중히 여겨, 곱고 소중한 인연으로 이어 갈 수 있는 그런 인연이 있었으면 좋겠네요. 소산님. 주신 귀한 글 고마운 마음으로 감사함으로 안았습니다.
늘 강녕하시고 행복함 가득한 오후 되세요.

아름다운 인연의 꽃을 수놓는 3월이 되었으면 좋겠습니다….
소중한 인연들을 다시 한 번 돌아보게 되는군요!

😊 　所向 정윤희

아름다운 인연의 꽃을 수놓으리라….
선생님 시에는 아름다운 시상이 만개해 활짝 봄꽃이 반기는 듯합니다.
좋은 시간 되세요.

🍀 　원앙요정

소중한 인연이고 싶어요. 좋은 글 잘 읽었습니다. 한 주일 끝나는 금요일 되세요.

🍀 　푸른 별

인연의 아름다운 열매가 영글리는 고운 글 감사합니다. 언제나 행복 가득하세요….

🌿 　홍두라

사람의 만남은 정으로 시작되어 아름다운 우정 속에서 하나의 인연을 만들어 갑니다.
우정이란 사람과 사람 사이에 교감을 일으키게 하여 좋은 인연을 만들어 가게 될 것입니다.
반가운 시입니다.

🌿 　성을주

사람은 살면서 좋은 인연을 맺고 있는 사람은 행복한 복을 가진 사람입니다. 좋은 시 감사
합니다.

인연의 끈

삶의 시발(始發)점으로
흔적을 남기면서
끝없이 이어지는 인연

더불어 사는 세상사
세속의 그림자를 밝히는 인연은
더없이 소중하여라.

때로는
악연(惡緣)이 되어
번뇌의 시련을 겪기도 하지만,
마음을 비우면
가연(佳緣)의 꽃을 피우기도 한다.

따뜻한 정 하나로
진실의 다리를 놓는
황금빛 인연의 끈은

파란 풀밭 위로 부는
꽃바람 같이
삶을 더욱 향기롭게 하리라.

홍두라

사람과 사람 사이에는 보이지 않는 인연의 끈이 존재한다고 하죠.
내가 좋아하는 이들과도 내가 싫어하는 이들과도 알 수 없는 인연의 끈이 연결되어 있습니다.
멋진 시 감상합니다.

佳詠/海雲

아름다운 인연과 함께 풋풋한 행복 여시기를 기원합니다. 문재학 선생님의 정성 담긴 소중한 시향 감상 잘 하였습니다. 아름다운 계절 되시기를 기원합니다.

눈보라

"연이 되어 번뇌의 시련을 겪기도 하지만 마음을 비우면 가연의 꽃을 피우기도 한다."
문재학 시인님의 고품 있는 시 속에 인연의 소중함을 배웁니다.

미량 국인석

풀 내음 나는 풋풋한 인연 좋은 인연도 나 하기 나름인 것 같습니다. 인터넷에서 맺은 인연일지라도 바람같이 스치고 지나가는 인연 말고 진실하고 따뜻한 정을 느낄 수 있는 인연으로요. 좋은 글 감사합니다. 무더운 날씨 건강에 유의하시구요. 즐거운 주말 되세요. 소산 선생님!

서연/강봉희

아름다운 인연 영원하길…. 멋진 시 좋네요.

白雲/손경훈

수많은 만남 속에 맺어진 끈 무엇 하나 마냥 된 것은 아니지요.
정겨운 그 끈들이 생을 즐겁게 합니다.

감악골 야인

가재울에서 처음 접하는 글. 훌륭하신 선생님들의 글 보고 갈 수 있어 영광입니다.

윤우:김보성

삶이… 좋은 인연과 악연에 공존인 듯. 선생님에 글처럼 더불어 함께 나뉘는 정이 듬뿍 담긴 인연이었으면 합니다. 선생님 더운 날 건강하세요.

임관식

생각만 해도 듬직한
국군 소위 임관식
보무당당한 새 출발
기개(氣槪)가 넘치었다.

호국의 간성(干城)으로
국가와 국민의
수오사로서 동량(棟梁)들
혈기가 넘치었다.

가랑비에 옷깃이 적셔도
육해공군의
뜨거운 투지의 함성
계룡대를 진동시켰다.

조국 수호를 다짐하는
든든한 장교들의 모습에서
대한민국의
밝은 미래를 엿보았다.

🌸 **문천/박태수**

호국의 간성, 국가의 믿음직한 동량들입니다.
임관식, 좋은 문향에 쉬어갑니다.

🐻 **연지**

임관식 참 멋지네요. 임관식 시어도 멋져요.

🍀 **소당/김태은**

멋진 사진… 멋진 시…. 잘 보고 갑니다. 각별히 건강 유의하세요.
이화여고에 입학한 친손녀도 육사 간다고 하대요.

🐻 **허천/주응규**

소산 시인님 멋진 글과 사진 잘 보았습니다. 잘 계시지요? 늘 건강하십시오.

🌼 **썬파워 국인석**

먼저 임관식에 오른 젊은이들에게 축하의 박수를 드립니다.
우리가 편하게 잘 먹고 잘 잘 수 있는 것도 모두가 훌륭한 장교들의 리더쉽에서 오는 것이
라 봅니다. 좋은 글 감사합니다. 소산 문재학 시인님!

합동 임관식 참으로 잘한 정책입니다. 저는 각 병과별 학교별 임관식이 차별화해서 첫 임관 순간부터 임석상관이 달라지는 모습을 몸으로 직접 체득한 사람으로 장한 정책으로 생각한답니다. 옥고 잘 보고 갑니다. 감사합니다.

임관식 영상과 시 감사히 보고 갑니다.

임이시여 2

바라만 보아도
행복했던 임이시여
그리움의 불꽃은
오늘도 타오릅니다.

불러도 불러보아도
대답 없는 허공뿐

차디찬 한숨도
마음에 얽힌 통한의 서러움도
가슴을 치는 북으로 남았네요.

연초록 향연이 펼쳐져도
마음을 녹이는
미소의 추억들은
뜨거운 눈물의 얼룩이 되었는데.

이제는
어이해야 하오리까.
가슴 깊이
시베리아 바람이 부는데.

아름다운 추억의 한 부분임을 보여 주시는 고운 시 잘 감상하고 갑니다.

👦 雲海 이성미
5월의 향기 속으로 떠나간 임의 모습을 그림으로 그려보듯 상상으로 전해 옵니다.

👩 잘 익은 감자
그리움이 사무치는 글 보니 마음이 찡합니다.

🐝 꿀벌
세월이 흐르고 계절도 바뀌어서 연초록의 향년에도 갈라진 휴전선이 연초록에 가리어 희미하게 보이는 것 같습니다.
명시 글 읽고 갑니다. 감사합니다. 연휴 즐겁게 보내세요.

🌸 문천/박태수
마음을 녹이는 연초록 향연 속 바라만 보아도 행복했던 임이시여….
아름다운 글 향에 쉬어갑니다.

🐝 홍두라
꽃보다 예쁜 마음 불꽃보다 뜨거운 가슴으로 사랑을 건네주시는 고마운 임이시여. 깊고 푸른 바다 높고 파란 하늘소리 임을 향해 불러봅니다. 고운 임이시여.

🌹 꽃방울
좋은 시를 만나 감사합니다. 싫겊과 사랑하는 모든 것을 룹끷하는 예쁜 마음으로 좋은 하루되시기 바랍니다.

🍎 은빛
마음이 애잔하게 다가오는 임의 글 함께 합니다.

잠들지 않는 보스포루스

해상교통의 요충지로서
긴긴 세월에 빛을 뿌리는
보스포루스 해협

천혜의 삶의 터전
검푸른 파도 위로 누비는
뱃고동 소리조차 풍요로웠다.

지중해와 흑해로 연결하고
아시아와 유럽을 넘나드는
폭 일 킬로의 황금의 다리 위로
눈부신 석양이 내려앉고 있었다.

자정(子正)에서 새벽으로 이어지는
대형선박들의
불꽃 튀는 생존경쟁
불야성을 이루고

인류의 물질문명이
번성했던 이스탄불
번영의 깃발로 휘날리고 있었다.

🐟 옥화

세계에서 가장 아름다운 해협으로 알려져 있기 때문에 이스탄불 여행 중 빼놓을 수 없는
관광지 보스포루스 해협 크루징을 통해서는 과거와 현재를 뒤섞어 놓은 독특한 아름다움
을 느낄 수 있는 세계 최고의 관광지인 것 같습니다. 잘 만든 시 마음에 들어요.

🐛 민채

아름다운 보스포루스 해협을 아름다운 시와 동영상으로 보니까 직접 가서 보는 것 같습니다.
해변의 아름다운 집들과 대형선박들이 보이는 경치와 아름다운 글 잘 보고 갑니다. 감사
합니다.

꿀벌

잠들지 않는 보스포루스 동영상으로 상세하게 보여 주시고 시로 표현해 주셔서 감상 잘하고 갑니다. 고맙습니다. 늘 멋진 날들 보내세요.

胥浩이재선

폭 일 킬로의 황금 다리와 해안가 마을에 있는 고급저택 및 별장들이 아름다운 해상교통의 요충지인 보스포루스 해협을 아름다운 글과 영상으로 잘 보고 갑니다. 감사합니다.

문천/박태수

아시아와 유럽을 넘나드는 보스포루스 해협… 아름다운 영상과 글 향에 쉬어갑니다.

수장

저도 가보지 않은 생소한 나라지만 글을 통해 이해가 갑니다. 즐겁게 감상합니다.

미미멘트

소중히 주신 글 너무너무 잘 보았습니다. 항상 건강히 신나는 나날 되세요.

雲海 이성미

선생님! 여행을 많이 하시니 아름다운 글이 읽는 내내 행복합니다. 늘 강건 건필 하세요.

소당/김태은

검푸른 파도…. 그리고 영상, 멋진 시어… 환상입니다!

주름살

인생 계급장이라 하였든가
어저께 같은 홍안(紅顔)이
어느새 얼굴 가득 늘어가는
세월에 할퀸 흔적들

환한 미소를 짓고 있는
고운 얼굴에 쌓여온 삶의 애환
가련한 마음
측은지심으로 가슴이 뭉클하다.

비록 육신은 늙어가도
마음은 젊음에 뛰놀게 하는
조물주의 배려가 있을지라도
안타깝기 그지없어라.

예외 없이
고통 없이 깊어만 가는 주름살
피할 수 없는 운명에 다짐한다.
남은 여생. 더욱 사랑하겠노라고.

꿀벌

누구나 흐르는 세월을 이길 사람 없고 얼굴엔 주름지니 세월이 야속하기만 합니다.
남은 여생 미소 띠며 주름이란 친구 천천히 오라고 하고 싶습니다.
시인님의 명시 읽고 갑니다. 감사합니다.

白雲/손경훈

세월의 흔적 누구든 비껴갈 수 없는 것이지요. 고운 시심 고맙습니다.

수진 桃園 김선균

멋진 표정, 멋진 마음이 담긴 멋진 시, 잘 감상했습니다.
건강하시고 건필하시기 바랍니다. 감사합니다.

문천/박태수

세월에 장사 없듯, 늙음을 어찌 막겠습니까…. 주름살, 좋은 글 향에 쉬어갑니다.

자연 사랑

인생의 계급장 주름살…. 쌓아온 인생의 애환을 느끼게 하는!
세월 앞에 장사 없듯이 가슴이 짠하네요.

소당/김태은

자연의 훈장 아닌가요? 아직도 청춘이니 남은 세월 후회 없이 살아요!

산나리

주름살 늘어도 괜찮아요! 속만 멀쩡하면 끄떡없지요. 늘 건강하세요! 소산님!

가을하늘

내 젊음은 어디로 갔나? 세월에 파인 주름살만 나약하게 만듭니다.

눈보라

주름살은 인생의 살아온 흔적입니다. 그 주름만큼 인생의 경륜을 쌓음으로써 인생을 알고
사랑을 알고 가족애를 아는 것이라 생각합니다.
문재학 시인님! 고운 시 발표해 주셔서 고맙습니다. 감사합니다.

천문산 天門山

이십 리 케이블카로 바람을 가르며 정상에 오르면
천문산 거대한 천공이 반긴다.
천문의 하늘 구멍
볼수록 경이로운
자연의 신기한 걸작품이다.

수천 길 수직 절벽의 유리잔도琉璃栈道)
투명유리 시선 끝으로
빨려 들어가는 공포(恐怖)의 전율(戰慄)은
등줄기의 식은땀으로 흐르고

귀곡잔도(鬼谷栈道) 위로
울긋불긋 인간 띠 행렬은
한 폭의 수채화였다.

수백 미터 지하갱도로 끝없이 내려가는
뻔적이는 에스컬레이터
그건 인간의 무한욕망. 결실의 꽃이었다.

보기만 해도 아찔한
아흔아홉 굽이 절벽의 꼬부랑길
현기증을 일으키는 곡예 운전

미련으로 되돌아보니
그림 같은 풍광 위로
흰 구름의 미소가 손짓하고 있었다.

※ 천문산은 중국 호남성 장가계에 있는 높이 131m, 넓이 57m, 깊이 60m의 거대한 천문
동하늘 구멍이 있는 곳이다.

青野/김영복

소산 선생님.

천문산의 아름다운 풍경과 여로라는 곱게 내리신 좋은 시를 잘 감상했습니다. 늘 건강하시고, 오늘 밤도 행복이 충만한 좋은 시간 되시길 바랍니다.

멋진 영상과 함께 즐겁게 감상해봅니다. 감사합니다.

연산홍금자

신비로운 곳입니다. 무한한 인간의 욕심, 미련, 현기증을 일으키는 곳예 맞습니다. 한 발 실수하면 끝이 되는….

저는 밑에서 구경하면서 함께 간 사람들 올라가서 본 얘기 감동하며 느껴 봤습니다.

수고하신 작품 감사합니다. 건강하세요.

🗨 혜슬기

천문산 직접 가보지는 않았지만 시인님의 글이 그대로 천문산을 보는 느낌입니다.
상세하게 세밀하게 그대로 좋은 글로 너무 고맙습니다.

🐤 민채

어떤 표현도 그 신비한 경치를 표현할 수 없을 정도로 아름다운 천문산을 시인님께서는 짧
은 시에 다 담으셨네요. 아름다운 글과 영상으로 천문산 잘 보았습니다. 감사합니다.

🍁 鄕耕 윤기숙

천문산 귀한 글과 사진 잘 보고 갑니다. 중국여행 즐겁고 보람되셨겠네요.

🍇 자목련

뻥 뚫린 바위굴보다 수많은 계단이 더 인상적이네요.
저길 올라가려면 수행해야 겠다…. 좋은 곳 다녀온 글 감사합니다.

👤 눈보라

문재학님. 중국 천문산에 다녀오셨군요. 우와! 정말 신비롭고 아름다운 대자연입니다.
감탄 연발이에요. 시로서 천문산을 아주 경이롭게 잘 표현해주셨어요.

강원도 영월 땅
첩첩산중 깊은 산골에
비운의 애사(哀史)에 잠긴 청령포

찬 공기 고이는 울창한 솔밭
적송의 향기가 가득하여도
옥수(玉水) 물이 휘감고 도는
창살 없는 감옥이었네.

십여 년의 권좌를 위해
십칠 세 꽃다운 삶을
무참히 짓밟은 비정한 혈연(血緣)이여

구중궁궐의 지존 자리는
한줄기 꿈결로 사라지고

애달프고도 서러워라.
피눈물로 쌓아 올린 망향(望鄕) 탑(塔)만
오백오십 년 세월의 빛을 뿌리는구나.

그 시절 그 사연을 아는지 모르는지
두 줄기 눈물의 육백 년 관음송(觀音松)이
통한(痛恨)의 슬픈 사연을 말없이 전해주네.

※ 端宗의 悲話가 어린 청령포를 돌아보고

😃 연지

단종의 비화를… 시어로…. 애달픈 사연 잘 보고 갑니다.

😃 雲海 이성미

청렴포 몇 년 전 문학기행으로 다녀오면서 한양에 두고 온 정순왕후를 생각했던 나이 어린 단종의 마음이 얼마나 슬프고 아프던지 가끔 저희 동네에 있는 정순왕후의 묘소를 지나면서 느끼기도 하지요.

🌸 비발디 사계

청령포 칼바람이 제 가슴 스칩니다.
오래전 영월에 한동안 머물 일이 있어 허구한 날 청령포에서 술잔 기울이며 어린 단종 임금의 넋을 기린 적 있었지요. 주신 귀한 글 가슴으로 안았습니다. 소산님. 늘 강녕하시고 행복함만으로 충분한 주말 되십시오.

😃 가을하늘

단종의 슬픈 역사가 서린 청령포! 좋은 글 감사합니다. 추운 날씨 건강 조심하세요.

청령포에 다녀오셨군요? 단종의 유배지 저도 가슴 뭉클함을 느꼈답니다.
기온이 많이 차갑습니다. 건승 건필하세요! 소산 선생님!

슬픈 애사가 흐르는 청령포⋯. 한 맺힌 슬픔은 끝없는 흐름일 것입니다.

강원도에 다녀오셨어요. 번쩍번쩍. 안 가시는 곳이 없고⋯ 멋진 시도⋯.

저도 관광 일로 자주 찾는 곳이기도 한 청령포⋯. 선생님에 사진과 글이 더욱 값진 소개를
주시네요. 추운 날씨 건강하게 지내시기를 기원합니다.

단송의 슬픈 역사가 잠겨있는 청령포에 다녀오셨군요. 좋은 기행 시 잘 읽었습니다.

네. 소산님의 고운 글 잘 보고 갑니다. 저는 청령포와 20여 리 떨어진 영월군 남면 연당초
등학교 시절 6학년 때 소풍을 25리를 걸어서 청령포로 왔다가 갔지요. 초등학교 때라 놀
면서 갔다 왔던 청령포. 정말 아름다운 곳 단종애사를 들으며 울었던 기억이 납니다.
추운 일기 언제나 건강하시고 멋진 복된 날 이루세요!

추억의 바닷가 2

냉기로 부서지는 한겨울 바닷가
쏟아지는 외로움에 발길이 무겁다.

기나긴 추억으로 물들어 오는
아물지 않은 그리움의 상처는
가슴 깊이 얼어붙는데

아련히 떠오르는 임의 모습
하얗게 피어오르는
파도의 꽃에 스러지네.

어둠의 절벽에서
꿈의 등불로 흔들리는
삶의 빛이여

얼마나 사랑해야 만날 수 있을까.
얼마나 괴로워야 잊을 수 있을까.

바람에 흩어지는 슬픈 사랑이여
사라져가는 덧없는 삶이여

추억도 야위어가는 텅 빈 가슴에
철썩철썩
서러움의 파도가 밀려든다.

🍀 문천/박태수

차가운 추억의 겨울 바다, 철썩철썩 밀려드는 서러움의 파도…. 아름다운 글 향에 쉬어갑니다.

🍀 소당/김태은

며칠 놀다 왔어요. 서러움의 파도소리가 귓가에 들리는 애닮은 고운 시에 머물다 갑니다.
건강하시고 행복하세요.

😊 雲海 이성미

바다의 추억은 누구에게나 있지만 추억의 긴 사연들은 저마다 다르기도 하지요.
파도소리가 철석이던 그 바다의 추억은 오늘도 그리움으로 달래기도 하지요. 고운 글 함께
합니다. 선생님.

🐤 미량 국인석

겨울 바다의 차가움도 아랑곳하지 않고 그리움의 추억은 뜨겁게 다가오네요.
애틋한 시향이 눈물겹습니다.
요즘 추운 날씨에도 운동 열심히 하시지요? 건승 건필하세요! 소산 선생님!

♣ 나무꾼

실감 나게 그려낸 겨울 바닷가에서 옛 추억을 떠올려 보고 갑니다.

🌹 翠松 박규해

추억도 야위어가는 마음 깊이 헤아려 봅니다.

🐻 산들들길

추억도 사그러져가는 겨울 바닷가에서 외로이 걷고 있는 한 사람인가 합니다.

추억의 바닷가

1. 옛 임이 그리워 찾아온 바닷가
텅-빈 허공으로 그 이름 불러보아도
검푸른 파도 위에
하얀 포말을 가르는
갈매기 울음소리 처량하여라

사박사박 꿈길에 어린 자국마다
살아나는 임의 순결은
추억의 향기로 출렁이는데
다가설 수 없는 그 시절이
그리움으로 맴을 돕니다.

2. 미련의 흔적 따라 찾아온 바닷가
허전한 발길마다 쌓이는 서러움은
쉴 새 없이 밀려들며
부서지는 파도 따라
상냥한 임의 모습이 아려온다.

지난날 그 자리에 남은 환영은
눈물의 상처로 남아
쓸쓸한 마음 달랠 길 없는데
못 잊어 애타는 그 시절이
추억으로 맴을 돕니다.

☼ 황포돗대

아련히 떠오르는 추억을 곱씹으며 사랑했던 때를 회상해봅니다. 감사합니다.

🐥 국인석

살아나는 임의 숨결은 추억의 향기로 출렁이는데… 추억의 바닷가 애틋한 노랫말로 엮으
신 시심에 마음 내려봅니다. 오늘도 좋은 하루 되세요! 감사합니다. 소산 문재학 시인님!

🌹 운지

아름답게 담아내신 추억의 바닷가…. 그 고운 서정에 한동안 취합니다.
시인님 새해에도 건안하신 가운데 성필 만필하세요!

🐰 率香/손숙자

소산 시인님 쓸쓸한 바닷가, 아련한 추억이 그립습니다. 허락도 없이 블로그에 다녀왔습니다.
바다에 묻어둔 추억에 저랑 같은 마음인 것 같아 공감하며 머물러 갑니다.
늘 건안 건필 하세요.

👧 서율 박신영

추억을 곱씹으며 바닷가 거닐었군요. 아리게 가슴 후비는 떠난 사랑. 저도 눈시울 적시며
검푸르게 시린 바닷바람 마음 씻어내고 왔습니다.

🍀 꽃미

파도가 밀려오는 추억의 그 바닷가 갈매기 소리만 들려오는 사랑의 그 바닷가.
밀리는 파도 속에 들리는 추억의 향기가 들려오는 듯합니다. 시 감상합니다.

🎀 홍두라

바닷가의 추억은 누구나 갖고 있죠?
오늘 내 인생에 기억에 남을 만한 아름다운 바닷가의 추억의 시를 감상합니다.
고맙습니다!

♣ 강촌

그 옛날 못 잊는 그리움 하나 있어 잠시나마 작은 두 눈을 지그시 감아봅니다.
옛날을 회상하며 좋은 글 잘 읽고 갑니다. 건강하시고 행복하시길 기원드립니다.

카파도키아 Cappadocia

억겁 세월의 풍우(風雨)에
화산 분진(粉塵)이 빚어낸
경이로운 풍광

기묘하고도 거대한 버섯바위 석림(石林)들
세계인들의 발길을
탄성으로 흔들었다.

천 수백 년 전
인류의 생존을 위한 지혜의 꽃이
곳곳에서
짙은 역사의 향기로
가슴을 물들이는 카파도키아

끝없는 호기심의 갈증은
지상에서는 사파리 투어로
하늘에서는 열기구 유람으로
뜨겁게 풀어 내렸다.

카파도키아…. 끝없는 호기심의 갈증은 지상에서는 사파리 투어로 하늘에서는 열기구 유람으로 뜨겁게 풀어 내렸다. 멋진 여행시 감사합니다.

아름다운 자연 예술 기묘하고도 거대한 버섯바위 석림 아름다운 글에 머물고 갑니다.
감사합니다.

카파도키아의 벌룬투어만큼은 꼭 해보고 싶어요.
카파도키아의 그대로 그려진 시 자랑스러워요!

터키 카파도키아 신기한 시를 감상합니다. 감사합니다.

카파토키아의 신비한 화산 분진의 바위 정말 신기합니다.
우리가 가보지 못하는 곳의 여러 여행지 신비스러운 풍경과 역사를 명시로 표현해 주셔서
감사합니다. 오늘도 기분 좋은 화요일 되세요.

의미 깊은 고운 시심에 머물러 갑니다.

기묘하고도 거대한 버섯바위들…. 아름다운 영상과 글 향에 쉬어갑니다.

열기구 타고서 하늘에서 보고 싶네요.
귀한 사진과 귀한 설명 늘 고맙고 감사한 마음 드립니다.
늘 강녕하시고 사랑과 행복함 가득한 4월 되세요. 소산님.

쿠알라룸푸르의 쌍둥이 빌딩 Petronas Twin Towers

쿠알라룸푸르 최중심에
말레이시아의 상징물
거대하고도 미려한 쌍둥이 촛불 빌딩
불나비처럼 모여드는 관광객들

카메라 세례를 집중적으로 받는
한국의 빛나는 건축술
세계인들의 가슴을 물들이고
민족의 자긍심으로 타올랐다.

빌딩 숲에 둘러싸인
팔십팔 층에
사백오십여 미터 위용을 자랑하며
인간의 무한 가능성에 빛나는
이십 세기의 마천루

오늘 밤도
휘황찬란한 빛들의 향연이
숨 막히게 녹아내리며
불야성(不夜城)으로 달구고 있었다.

찬탄이 절로 나옵니다.
한국의 건축 기술로 쿠알라룸푸르의 쌍둥이 빌딩을 설계하고 지었음을 한국인으로서 자
부심을 느낍니다.
시인님 덕분에 보기 드문 말레이시아의 상징물 촛불 빌딩을 보게 되어 깊이 감사드리며
멋진 시에 다녀갑니다. 감사합니다. 항상 지금처럼 건강하시고 행복하세요.

말레이시아의 상징물 한국의 빛나는 건축술. 쿠알라룸푸르의 쌍둥이 빌딩… 아름다운 영
상과 글 향에 쉬어갑니다.

송목경

펜 끝이 혝팀 하신 분…. 모습도 좋으십니다.
전 그곳을 아직 못 가봤는데 한 마리 불나방이 되고 싶습니다.

꽃망울.

멋지군요. 문재학님의 글도 너무 멋지네요.

佳詠/海雲 김옥자

문재학 선생님 멋지십니다. 감상 잘 하였습니다. 고맙습니다.

수진 桃園 김선균

가슴 뿌듯한 마음으로 좋은 시 잘 감상했습니다.

石友,박정재

시인님의 곱게 지핀 시향에 머물다 갑니다. 감사합니다.

태양예찬 2

어둠의 장막을 걷어내는
눈부신 희망의 빛
생명창조 마법(魔法)의 빛이다.

부드러운 햇살에 움트는
신비로운 소생의 기운
보석보다 찬란한
살아있는 생명의 빛이여

사물의 아름다움을
감상으로 누리는
감미로운 빛이여

한시도 떠날 수 없는
빛의 영광(靈光)이여

영원히
사랑해야 할
불멸의 혼(魂) 불이어라

🍀 소당/김태은

희망의 빛 사랑의 빛은 찬란하고 생명의 빛이지요.
언제나 고운 시… 감명입니다. 잘 지내시죠?

🍎 아라

확실한 태양 예찬이네요….
깔끔한 바탕화면도 좋아요…. 잘 보았습니다.

🐠 홍두라

태양이 있다는 건 아무리 생각해도 우리에겐 고마운 일입니다. 참 좋은 시를 읽습니다.

☀ 예랑

태양은 아무리 예찬해도 부족함이 없어요.
항상 좋은 시에 만족합니다.

✿ **산월 최길준.**

태양예찬 2…. 한시도 떠날 수 없는 빛의 영광(靈光)이여. 영원히 사랑해야 할 불멸의 혼
(魂) 불이어라…. 멋진 글 향에 머물다 갑니다.

✿ **澐華 김정임**

선생님 안녕하세요. 고운 시심에 쉬어갑니다.
날씨가 아직은 춥지만, 곧 봄이 오겠지요. 하시는 일마다 잘되시기를 바랍니다.
늘 하나님이 지켜주시기를 기도드립니다. 언제나 건강하시고 행복하신 나날이 되시옵소서!

✿ **문천/박태수**

영원히 사랑해야 할 불멸의 혼불….
태양 예찬 아름다운 시향에 쉬어갑니다.

✿ **가을하늘**

태양의 고마움을 다시 한 번 느낍니다. 좋은 글 감사합니다.

통천대협곡 通天大峽谷

조물주의 걸작품이었다.
산서성의 거대한 태항산에
손을 내밀면 닿을 듯

장장 이십오 킬로의 좁고도 좁은
대협곡의 장관(壯觀)

한 장의 사진으로 담을 수 없는
까마득한 수직 절벽의 끝에는
손바닥만 한 하늘이 미소 짓고

전동(電動) 유람선이
푸른 물 위로 굽이굽이 돌아
소리 없이 미끄러지면

사방의 아찔한 절벽들이
현기증으로 쏟아졌다.

억겁 세월의 수마(水磨)가 빚어놓은

반들거리는 암반 웅덩이마다

옥수(玉水) 물의 교태(嬌態)들

필설로 표현 못 할 경이로운 풍광들이

온몸을 전율(戰慄)케 했다.

좋은 곳을 다녀오셨군요.
협곡의 아름다움을 잘 표현하신 글. 잘 보고 갑니다. 감사합니다.

지난 추억이 떠오르는 사진과 함께 지난 여정들이 가슴에 와 닿네요.
다시 봐도 주변 경관이 장관이네요.
「통천대협곡通天大谷」 좋은 작품에 즐겁게 감상하고 갑니다.

보통 분이 아니세요. 시상이 이리도 멋지게 떠올라 쓰시니…. 존경해요.

그 신비한 아름다운 풍경을 어찌 글로 다 표현할 수 있겠습니까.
생각만 해도 아찔한 현기증 날 정도의 협곡풍경 감히 상상해봅니다.
시인님의 멋진 글 읽고 갑니다. 감사합니다. 오늘도 장미꽃처럼 아름다운 날 되세요!

하현 下弦 달

열대야에 지친 새벽녘
창가에 스며드는 달빛 그림자
적막도 하여라.
안타까운 세월의 파도가 잠식(蠶食)하였나.
외로운 하현달이 기우네.

고요 속에 풀리는 상념의 타래
그리운 그 옛날
가슴 저미는 임 생각에 목이 메이고
이룰 수 없는 만월의 꿈은
서러움으로 북받친다.

밤하늘을 녹이는
뻐꾸기 울음소리
귓전을 울리는데

희미한 빛을 하염없이 뿌리는
처연(悽然)한 달빛 따라
꿈에 젖은 추억들이
세월의 깊이로 아려온다.

🦋 홍두라

하현달은 자정 무렵에 동쪽으로 고개를 내밀지요.
이때부터 달이 뜨는 시간은 점점 새벽으로 가지요. 좋은 글 감상합니다.

🍁 靑松 김정식

새벽 하현달 만월의 꿈. 젖은 추억 좋은 시 잘 감상했습니다.

🐰 김삿갓

"고요 속에 풀리는 상념의 타래"
실로 멋진 표현에 감탄을 자아냅니다. 멋진 시 잘 감상했습니다.

❀ 문천/박태수

꿈에 젖은 처연한 하현달…. 아름다운 글 향에 쉬어갑니다.

😊 가을하늘

하현달에 마음 적십니다. 좋은 글에 머뭅니다. 비 오는 새로운 한주 힘찬 걸음 되세요.

🐝 꿀벌

요즘 열대야에 밤잠을 설치다 보면 구름 사이로 달이 보일 때가 있습니다.
시인님의 명시 글 읽고 갑니다. 감사합니다.

👧 조약돌

하현달은 왠지 슬퍼 보여요.

🍇 산월 최길준

하현달…. 희미힌 빛을 히엄없이 뿌리는 치언(悽然)한 달빛 띠라 꿈에 젖은 추억들이 세월
의 깊이로 아려온다. 좋은 글 향에 쉬었다 갑니다.

🌹 翠松 박규해

추억을 떠올리는 의미 깊은 고운 시 잘 감상하고 갑니다.

한가위 밤

광대무변(廣大無邊)의 밤하늘에
만월(滿月)이 흰 구름 사이로
신비로운 빛을 뿌리며
유영(遊泳)하는 밤

모처럼
온 가족이 모여 앉아
세상의 빛을 모아
담소화락(談笑 和樂)의 꽃을 피워도

만월을 좋아하던
떠나간 애달픈 임의 환영(幻影)
아득한 하늘 저 멀리
그리움의 날개를 달고 떠오른다.

며칠이면 모두다
또 생업 찾아 뿔뿔이 흩어지면

텅 빈 가슴에
요요한 달빛 그림자만
한가득 아쉬움의 빛을 뿌리겠지

아! 이것이 삶의 풍경인가.

🍎 오은 이정표

휘영청 떠가는 달을 우러러 먼저 가신 이를 그리시는 노래 잠시 읊조려 봅니다.

💎 화려한 건달

짠하네요.
또 우리만 남네요. 행복한 모습만 기억해요.

👶 눈보라

문재학 시인님의 고품적인 시어 속에 명절의 풍경을 고스란히 잘 담아주셨습니다.
즐거운 추석으로 잘 보내세요!

🍇 崔喇叭

추석 명절 잘 보내셨지요. 좋은 시 잘 보고 갑니다. 감사합니다.
남은 연휴도 즐겁게 작품 활동하십시오. 감사합니다.

🍀 원앙요정

한가위 추석 잘 보내셨나요. 계속 이어지는 연휴 잘 보내세요. 좋은 글 잘 보고 다녀갑니다.

🐝 꿀벌

시인님 추석 명절은 잘 보내셨습니까? 추석 명절인 어제는 흰 구름도 없는 하늘에서 만월의 신비로움을 보았습니다. 항상 시인님께서 좋은 명시 글 주심에 감사드립니다.
한가위 연휴 즐겁게 보내시고 소원 이루시길 기원합니다.

🌸 정원

시인님 안녕하세요. 추석 연휴 즐겁게 보내시고 계시지요.
고운 시에 감사히 머물다 갑니다. 시인님! 건필하세요.

👦 雲岩/韓秉珍

소산 선생님 추석 연휴 잘 보내시고 계신가요? 선선한 목요일 오전에 좋은 시심을 잘 감상했습니다. 오늘도 일교차에 건강 조심하시고 가족과 함께 즐거운 연휴 보내십시오.

할미꽃

양지바른 무덤가엔
해마다 이른 봄이면
꼬부랑 할미꽃이 핀다.

찬 이슬에 곱게 단장하고
바람에 빗질한 새하얀 솜털
세월에 지친 허리로 굽어들고

가슴 아픈 전설은
아득한 그리움으로
알알이 물들어 온다.

마른 잔디를 태우는 아지랑이 속으로
새빨갛게 달아오른
티 없이 맑은 영혼

미풍에도 덧날 것 같은 서러움
시간의 바닷속에
외로움에 젖어온 나날들.

애달픈 삶의 슬픈 추억은
끝끝내 휘날리는 백발로 남았다.

소산 문재학 시인님 안녕하세요. 고운 시심에 마음 쉬어갑니다.
아름다운 사월. 기쁨으로 가득하시길 바라며 행복하세요.

요즘 보기 드문 꽃인 것 같아요.
시인님 너무나 고운 시 잘 읽었습니다.
좋은 하루 보내시고 4월에도 건필하시기 기원할게요.

글 좋고 예쁜 글이네요. 잘 읽고 갑니다. 감사합니다.
옛날에 우리 어머니 산소 가면 항상 반겨주던 꽃이지요. 그립습니다.

시인님의 할미꽃 마음에 담습니다. 늘 건강하시고 즐거운 봄날 되세요.

옛 향수를 불러일으키는 할미꽃! 어린 시절 그리움을 달래봅니다.

소산 시인님 곱게 내리신 글 향 가슴에 담습니다. 감사합니다.
만물이 소생하는 계절에 싱그러운 향기가 마음을 더욱 상쾌하게 합니다.
오늘 하루도 기쁨 가득하십시오.

소산 선생님, 할미꽃이라는 곱게 내리신 깊은 시심에 마음 한 자락 내려놓습니다.
오늘도 남은 시간 평안하고 행복이 충만한 좋은 시간 되시기를 바라며, 늘 건안하시고
건필하시기를 바랍니다

행 복 2

저마다의 가슴에 피어나는 열락(悅樂)
감미로운 미소의 꽃이다.
그 누구도 대신할 수 없는

욕심과 욕망을 담아내고
긍정적인 눈으로 보면
찬란한 별 무리로 쏟아진다.

맑은 영혼으로 누리는 행복
타인과 비교하면
크게 시들어지는 꽃

오직 한 번뿐인 삶
초로(草露) 같은 삶이라도
내일의 꿈은 언제나 밝으니까

근심 걱정일랑

깃털처럼 날려 보내고

환희를 느낄 수 있는

사랑을 쓸어 모아

보석 같은 행복의 꽃을 피워보자

翠松 박규해

행복이란 별다른 게 없지만 마음이 편하면 행복이지요.

산길 들길

오늘도 보석 같은 행복의 꽃 피워보렵니다.

산월 최길준

행복 2⋯. 근심, 걱정일랑 깃털처럼 날려 보내고 환희를 느낄 수 있는 사랑을 쓸어모아 보석 같은 행복의 꽃을 피워보자. 멋진 글에 행복을 꽃 피워봅니다.

맑은 시내

인생이 암울할 때 나에게 삶의 의미를 깨우쳐주는 당신이 고맙습니다.

비발디 사계

늘 고맙고 감사한 마음 드립니다. 소산님 무탈하시죠?
한 번뿐인 삶. 오늘도 보석 같은 행복을 이어가도록 노력해봅니다.
많이 덥습니다. 무더위 잘 이겨내시고 늘 강녕하십시오. 소산님!

所向 정윤희

사랑을 쓸어 모아 보석 같은 행복의 꽃을 피워보자.
보석 같은 행복의 꽃이란 정녕 우리들 삶이 멋지게 피어날까 싶습니다.
저도 아름다운 꽃이고 싶습니다⋯.

문천/박태수

사랑을 끌어모아 행복의 꽃 피워보자⋯. 아름다운 글 향에 쉬어갑니다.

행복의 문

행복이란 마음의 꽃이다.
홀로 누리는 감미로운 꽃

일상생활의 모두를
긍정적인 생각으로 바라보면
어디에나 숨어있는 보석 같은 행복
마음속에 모락모락 피어오르며
엔노르삔으로 실아난다.

간절히 소망하는 행복은
주위에 수없이 늘여있는
작은 만족에 이는 희열(喜悅)
그 향기를 누리는 것이
모두 다 행복이거늘

영혼을 살찌우며
짜릿하게 젖어드는 행복
미소 짓는 삶의 환희는

마음을 비우고 두드리면
언제든지 열리리라.
천금 같은 행복의 문이

😊 　김문곤

소산 문재학님 행복에 관한 좋은 글 잘 보았습니다.
비님이 오시니까 날씨가 싸늘해졌습니다. 감기 조심하세요. 고맙습니다.

😊 　白雲/손경훈

행복은 마음에 있는 것.
마음을 비우고 얻는 것이 행복이라 했지요. 고운 글 고맙습니다.

🍇 　윤우:김보성

선생님에 글처럼… 모두가 두드리고 행복에 문이 열리기를….
직장도. 사랑도. 결혼도… 좋은 밤 되세요. 선생님.

🌸 　문천/박태수

행복은 다른 곳에 있는 것이 아니라 자기 마음속에 있다는 말씀에 공감하며 쉬어갑니다.

🍇 　산나리

행복은 일상적인 사소한 데 있지요. 오늘도 가을을 느낄 수 있어 행복합니다.
청계산은 오색의 향연이네요. 촉촉이 비 오는 산길 걸을 수 있어 행복합니다.

😊 　所向 정윤희

마음을 비우고 두드리면 언제든지 열리리라.
천금 같은 행복의 문이 행복의 문이 바로 곁에 있답니다.
선생님 10월 한 주간 아쉽게 다가왔습니다. 평안하시길 바랍니다.

🍀 　소당/김태은

행복은 멀리 있는 것이 아니고 아주 가까이 있으니 마음 비우고 늘 긍정적인 생각으로.

🐝 　꿀벌

행복은 늘 마음에 있는 것을 모르고 멀리서 찾으려 합니다.
오늘도 좋은 시 주셔서 감사합니다. 늘 행복 피우시고 행복하시기를 기원드립니다.

행복의 탑

길고도 짧은 인생길
울퉁불퉁 거친 길
시련의 가시밭길에

인고로 쌓아올린 사랑의 탑
그건 가슴으로 빛나는
행복의 탑이었네.

때때로 밀려오는
무거운 한숨들은
세월의 강에 흘려보내고

언제나
꽃피고 새우는 봄날처럼
쌓으면 쌓을수록
감미로운 행복의 탑

오늘도

둘이서 함께하며

변함없이. 한결같이

다독이고 다독이노라.

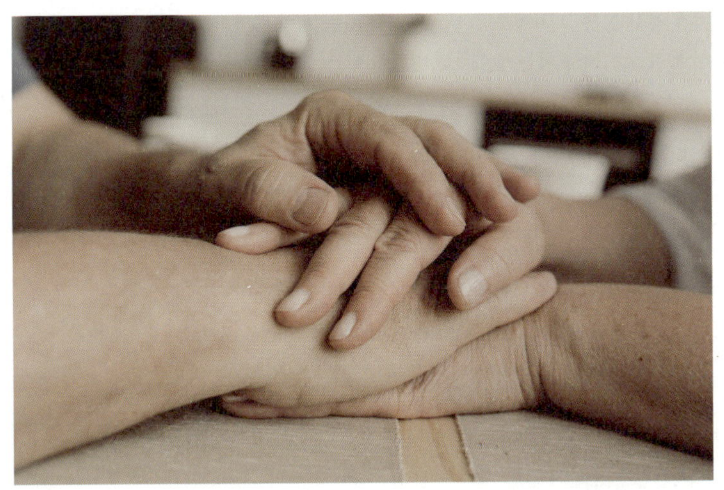

❀ **바람소리**

그저 감탄할 뿐입니다. 늘상 우리들 주변의 사용 단어의 조합.
인고의 작품을 편하게 감상 잘했습니다.

❀ **꽃미**

행복은 하나의 가치임과 동시에 삶의 기초입니다.
사랑과 믿음과 창조의 토대 위에 행복의 탑을 쌓고 즐거운 생활의 요람을 만들어야 합
니다. 명시 즐깁니다!

❀ **惠潤**

흔히들 삶의 가장 큰 목표는 행복이라고 말하죠.
열심히 일을 하고 돈을 버는 것도 다 행복하기 위해서라고요.
하지만 정작 행복 그 자체를 위해 노력하는 사람은 별로 없어요.
진정 행복을 위해서 하는 일이라면 열심히 사는 길이랍니다.

❀ **소당/김태은**

행복은 멀리 있는 게 아니라 가까이에 있지 않습니까….
가슴에 와 닿는 좋은 글 머물다 갑니다. 늘 강건하시길….

❀ **白雲/손경훈**

그 누구도 대신 할 수 없는 사랑의 탑.
인생행로의 모진 고통 속에서 쌓은 사랑입니다. 고운 하루 되십시오.

❀ **巨松 야인**

행복의 탑. 감동의 글 잘 훔쳐보고 갑니다. 멋진 오후 되시고 건필하세요

❀ **추억의 작기장**

인고의 세월을 승화시킨 시인님의 고운 글 마주하고 갑니다.
더위에 건강 챙기시어 향필하세요.

❀ **수장**

사랑하는 사람과 함께 하나씩 쌓아가는 행복의 탑 눈앞에 그려 갑니다.

희망봉

아프리카 최남단 끝자락
대서양과 인도양의
화합의 물결이 출렁이는
그 이름도 눈부신 희망봉

언제 한번 밟아보려나. 염원
지구를 반 바퀴 돌아
달콤한 현실이
감동의 파도를 일으켰다.

억겁의 세월을 두고
사나운 해풍이 빚어낸 기기묘묘한 바위들
아름다운 만물상(萬物相)을 이루고

옥색 바다의 푸른 파도는
새하얀 비말(飛沫)의 꽃을 피우면서
세월의 향기로 젖어들었다.

망망대해의 지친 항해에
안도의 숨을 내뿜는 반가운 이정표(里程標)
영원을 두고
희망의 불꽃으로 타오르리라.

✿ **정원**

멋지신 시인님 여행 다녀오셨군요. 희망봉 참으로 아름답군요.
마치 제가 가본 곳 같은 글에 감동입니다. 고맙습니다. 시인님 건필하시구요!

🐻 **연지**

멋진 여행을 글로 사진으로 보는 재미 쏠쏠합니다. 인증사진도 아주 멋지십니다.
초록빛 바닷물에 부딪치는 파도 철썩이는 소리가 귓가에 들리는 듯합니다.

🐻 **산길 들길**

옛날 지리 시간에 배운 희망봉에 다녀오셨으니 축하드립니다. 모르긴 하지만 감개무량
하셨을 것 같습니다.

🍀 **꽃미**

멀리 아프리카 최남단 끝자락에서 보고 느낀 것을 좋은 시로 엮어 주심에 감사드립니다.

눈보라

문재학 시인님. 아프리카 희망봉이 저 그림인가요? 세계 곳곳에 여행하시면서 자연을
벗 삼아 훌륭한 시를 연출해주신 문재학 시인님 참 존경스럽습니다.

산월 최길준

희망봉…. 옥색 바다의 푸른 파도는 새하얀 비말(飛沫)의 꽃을 피우면서 세월의 향기
로 젖어들었다…. 아름다운 여행 시 즐겁게 감상하고 갑니다.

수진 桃園 김선균

이름 하나만으로도 뭇사람들의 마음을 설레게 하는 '희망봉'.
소산 선생님의 희망봉 예찬 시, 잘 감상했습니다. 감사합니다.

思岡안숙자

희망봉이 별로 높게 보이진 않는군요. 아름다운 영상과 글 즐겁게 감상하였습니다.
수고해주셔서 감사합니다.

胥浩이재선

좋은 곳을 다녀오셨습니다. 아름다운 영상과 함께 멋진 글 잘 보고 갑니다. 감사합니다.

망 각 忘却

흘러가는 기억(記憶)을
잡을 수 없는
망각의 행로.

고독의 심연(深淵)에서 떠오르는
그리운 임의 모습은
안타까움 속에 바래어 가도

망각으로 지울 수 없는
그리움의 화신이 되어
조각조각 피어오르네.

비탄의 쓰라림
눈물로 멍든 삶도

세월의 그림자로
조금씩 고통의 껍질을 벗겨내는 것은
신(神)이 내린 배려인가.

꺼지지 않는

망각의 늪에는
언제나
무심한 시간의 바람이 분다.

☺ 白雲/손경훈

사람의 기억이 지워지지 않으면 결국 미쳐버리고 말 것입니다.
조물주가 그래서 망각이란 것을 주었지요. 고운 하루 되십시오.

🐟 雲泉/수영

인간을 이루고 있는 메커니즘 속에는 '망각'이라는 장치가 있어서 시간이 지나면 '아픈 기
억들'은 지워지지만, 너무 아픈 기억은 쉽게 지워지지가 않습니다. 좋은 시 알뜰히 보겠습
니다.

👧 예진아씨

망각이라는 게 고마울 때가 있지요.
잊어야 또 새로운 기억들이 들어오게 되고 그러는 게 아닐까 싶어요.

♣ 산촌

망각은 또 망각을 가져옵니다. 좋은 글 감사합니다.

🦑 썬파워 국인석

세월이 약이겠지요. 그렇다고 아주 잊혀지기 보다는 엷어질 뿐⋯.
고운 글에 마음 내려 봅니다. 감사합니다. 소산 시인님!

✿ 문천/박태수

언제나 무심한 바람이 부는 망각의 시간⋯. 아름다운 시향에 쉬어갑니다.

망향 천리

태생의 인연이 곱게 타오르며
언제나 가슴에 살아있는
가고픈 고향 산천

맑은 영혼으로 피어나
결코 시들지 않는
유년 시절의 꽃바람이 부는 고향

마음은 달려간다.
눈물겨운 기다림이 있는
머나먼 고향 등불을 향해

은빛 날개를 빤짝이는 그 강물
민둥산 허리를 휘감아 돌아가던 시장(市場)길
긴 띠를 이루는 하얀 장꾼들
아련한 꿈길로 흔들린다.

휘영청 만월의 달빛에 젖어 흐르던
차마 못 잊을 그 시절 고향의 향기

잔잔한 희열(喜悅)로 녹아있는
그리움 속에는
보석 같은 추억이 살아 숨 쉰다.

※ 50~60년대는 산이 모두 헐벗어 민둥산이었다.
기다리던 장날이면 하얀 한복을 입은 사람들이 산길에 긴 띠를 이루었고 시장에는 有色
옷 하나 없는 남녀노소 불문 온통 하얀 사람들로 북적이었다.
그래서 白衣民族.

🍇 산월 최길준

망향 천 리……. 휘영청 만월의 달빛에 젖어 흐르던 차마 못 잊을 그 시절 고향의 향기.
…고운 글향에 머물다 갑니다.

🍇 윤우: 김보성

추석이 다가오니… 선생님의 글이 지난날에 시간들과 고향에 그리움이 밀려옵니다.
조석 간에 기온차가 심한 요즘…. 선생님의 건강을 기원합니다.

👧 정읍↑신사

헐벗고 가난했던 눈물겨운 시절에 가슴 아픈 시입니다.
그래서 옛날 사진을 보면 하얀 옷만 보이는 군요.
추석이 다가오니 고향이 그립고 추억이 생각납니다. 좋은 시에 잘 머물다 갑니다. 항상 건
강하십시오!

🍇 崔喇叭

차마 못 잊을 그 시절 고향의 향기! 그렇습니다. 잊지 못할 고장이 고향이지요.
오늘도 좋은 시 잘 보았습니다. 감사합니다.

망향 천 리 먼 거리에서 고향을 그리며 생각하고 바라보면서 정든 고향을 가지 못하고 있는 실향민들의 안타까움을 생각해 봅니다. 항상 깊은 시를 주시는 소산님 감사합니다.

옥화

고향이 있어도 천 리 길, 먼 길 이북이 고향인 사람들은 언제 고향을 가 볼지 애타겠습니다. 좋은 시 명시 글 감명 깊게 봅니다.

꿀벌

망향 천 리에 두고 온 고향이 실향민들은 얼마나 그립겠습니까?
요즘은 명절이 다가오면 고향에 계시는 부모님들이 객지에 나가서 사는 자식 집에 가는 사람들이 많습니다. 그것이 다 나이 탓이라고 생각합니다.
시인님 명시 감사합니다. 늘 편안하시기를 기원합니다.

woo1430

ㄱ 시절은 다 ㄱ랬쇼! 어린 시설 생각이 나는군요!

srfww백풍

고향의 추석을 앞둔 이때 그리움의 향기를 전해 주셔서 감사합니다.

생각나눔 추천도서

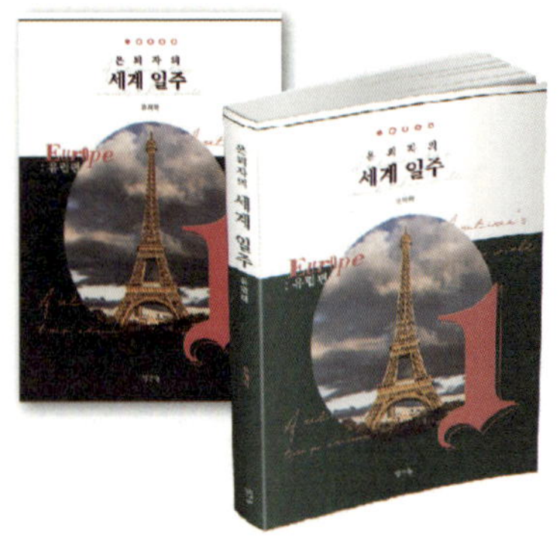

은퇴자의 세계 일주 1

문재학 | 340쪽 | 18,000원

공무원 정년 퇴임 후 세계 각국을 여행하면서 아름다운 풍광과 문화 유적지 등을 기록으로 남겨 독자들과 공유하고픈 열망으로 열심히 기록으로 담아 왔다. 여행지마다 각국의 기본 참고사항(면적, 인구 등)은 물론이고 그 당시의 주위 풍광과 실정을 실제 여행을 하는 것처럼 자세하게 남겨 보았다.

은퇴자의 세계 일주 2

문재학 | 332쪽 | 18,000원

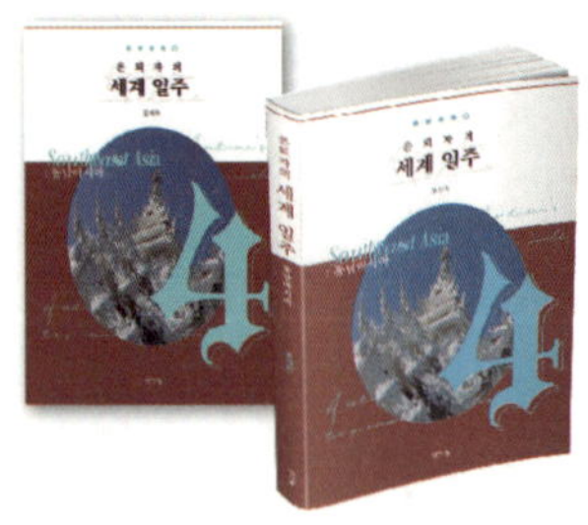

은퇴자의 세계 일주 3

문재학 | 334쪽 | 18,000원

은퇴자의 세계 일주 4

문재학 | 324쪽 | 18,000원

은퇴자의 세계 일주 5

문재학 | 340쪽 | 18,000원